加速世界
07 災禍之鎧
川原 礫
插畫 / HIMA
U0075229

四埜宮謠

操縱前代「黑暗星雲」旗下虛擬角色「Ardor Maiden」的國小四年級生。

「鴉鴉，我應該說過，即使打輸、跌倒、失敗，也不死心地繼續向前邁進，這才是真正的堅強。」

「……嗯，我一定會想辦法。我們要活著回去……
回到在現實世界等待的大家身邊。」
春雪
遭到「災禍之鎧」
污染的虛擬角色
「Silver Crow」操縱者，
國中校內地位金字塔底端的少年。

「我為我的失禮道歉，但還請你們相信，
我完全無意跟你們交戰。」
Trilead
Tetraoxide
春雪等人在「禁城」內部遇見的
「少年武士」型神秘虛擬角色。

「嗨。」
「咿……!?」
Blood Leopard
紅色軍團
「日珥」副團長
6級超頻連線者，
通稱「Pard小姐」。

「我一直很羨慕你。
羨慕你這具由太純粹的願望、希望具體化而成的身軀，
更羨慕不斷用這份力量化不可能為可能的你……」

拓武
「黑暗星雲」旗下
對戰虛擬角色
「Cyan Pile」操縱者，
春雪的好友。
「阿拓，我從很久很久以前，
就想變成像你這樣的人。
所以……為了讓你知道這點，
我要跟你戰鬥。」

「加速世界」的「軍團」分佈地圖

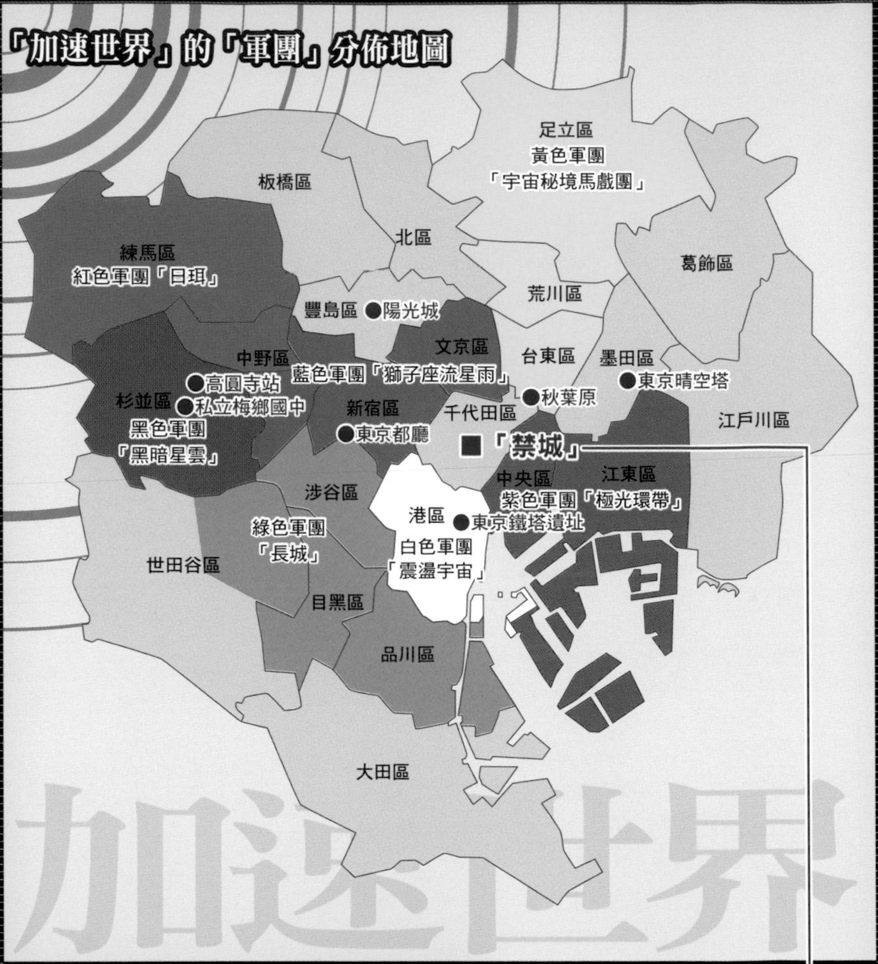

足立區
黃色軍團
「宇宙秘境馬戲團」
板橋區
北區
練馬區
紅色軍團「日珥」
葛飾區
荒川區
豐島區 ●陽光城
文京區
中野區
藍色軍團「獅子座流星雨」
台東區
墨田區
●東京晴空塔
●高圓寺站
杉並區 ●私立梅鄉國中
黑色軍團
「黑暗星雲」
新宿區
●東京都廳
千代田區
●秋葉原
江戶川區
■「禁城」
中央區
江東區
紫色軍團「極光環帶」
涉谷區
港區 ●東京鐵塔遺址
綠色軍團
「長城」
白色軍團
「震盪宇宙」
世田谷區
目黑區
品川區
大田區
加速世界

「禁城」

這裡相當於現實世界之中的「皇居」。

打從出現在加速世界以來，這裡從不曾讓「超頻連線者」入侵過，因而被譽為「固若金湯」。

「禁城」東南西北各有一座聳立的城門，門以外的城牆上下方都設有隱形障壁，無法入侵。

四座城門由四隻號稱強中之強的「超級」公敵把守。

這些稱作「四神」的公敵有著壓倒性的實力，遠遠凌駕於「神獸級(legend)」公敵之上；而且除非能同時打倒四神，或是鑽過牠們的把守，否則不可能進入「禁城」。

超頻連線者之間盛傳「BRAIN BURST」的破關條件之一，是「搶走五名9級超頻連線者的所有點數，升上10級」，但有人認為「抵達禁城中心」應該也是破關條件之一。

N
橋
崖
一柱
本 殿
內苑
一「超級」
公敵・朱雀
所守護的門

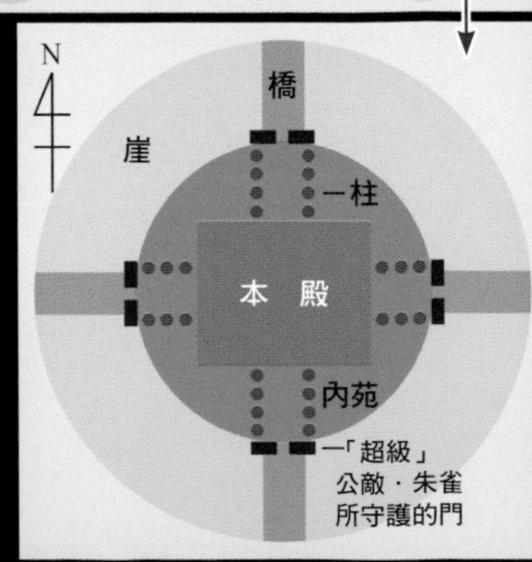

加速世界

Accel World

07 災禍之鎧

川原 礫

插畫 / HIMA

■黑雪公主＝梅鄉國中的學生會副會長，是個清純又聰慧的千金小姐，真實身分無人知曉。校內虛擬角色為自創程式「黑鳳蝶」，對戰虛擬角色為「黑之王」＝「Black Lotus」(等級９)。

■春雪＝有田春雪。梅鄉國中二年級生，體型略胖，遭人霸凌。對遊戲很拿手，但個性內向。校內虛擬角色為「粉紅豬」，對戰虛擬角色為「Silver Crow」(等級５)。

■千百合＝倉嶋千百合。跟春雪從小就認識，是個愛管閒事又活力充沛的少女。校內虛擬角色為「銀色的貓」，對戰虛擬角色為「Lime Bell」(等級４)。

■拓武＝黛拓武。跟春雪及千百合都是從小就認識，擅長劍道，對戰虛擬角色為「Cyan Pile」(等級５)。

■楓子＝倉崎楓子。曾參加上一代「黑暗星雲」的超頻連線者。「四大元素(Elements)」之一，因故過著隱士般的生活，但在黑雪公主與春雪的勸說下回歸戰線。曾傳授春雪「心念」系統。對戰虛擬角色為「Sky Raker」(等級８)。

■謠謠＝四埜宮謠。曾參加上一代「黑暗星雲」的超頻連線者。「四大元素(Elements)」之一，是松乃木學園國小部四年級生。不但能運用高級的解咒用指令「淨化」，還很擅長遠程攻擊。對戰虛擬角色為「Ardor Maiden」(等級７)

■神經連結裝置＝以量子無線方式與大腦連線，透過影像與聲音等方式，對所有感官都能提供訊息的攜帶型終端機。

■BRAIN BURST＝黑雪公主傳給春雪的神經連結裝置內應用程式。

■對戰虛擬角色＝玩家在BRAIN BURST內進行對戰之際所控制的虛擬角色。

■軍團＝Legion。由多名對戰虛擬角色組成的集團，以擴張佔領區域及確保利權為目的。各軍團分別由「純色七王」擔任軍團長。

■正常對戰空間＝指進行BRAIN BURST正規對戰（一對一格鬥）用的場地。儘管有著直逼現實的高規格重現度，但遊戲系統則與上個世代的格鬥遊戲相差無幾。

■無限制中立空間＝只允許４級以上對戰虛擬角色進入的高等級玩家用場地。其中建構有遠超出「正常對戰空間」之上的遊戲系統，自由度比起次世代ＶＲＭＭＯ遊戲也毫不遜色。

■運動指令體系＝用以控制虛擬角色的系統，正常情形下對於虛擬角色的控制都由這個系統處理。

■想像控制體系＝透過堅定想像意念（Image）來控制虛擬角色的系統。運作機制與正常的「運動指令體系」大不相同，只有極少數人懂得如何運用，是「心念」系統的核心。

■心念（Incarnate）系統＝干涉BRAIN BURST的想像控制體系，藉此引發超越遊戲格局之現象的技術。又稱做「現象覆寫（Overwrite）」。

■加速研究社＝神祕的超頻連線者集團。認為「BRAIN BURST」不只是單純的對戰遊戲，對此有所圖謀。「Black Vise」與「Rust Jigsaw」都是這個社團的成員。

■災禍之鎧＝稱作Chrome Disaster的強化外裝。一旦裝備上去，就能使用吸取目標ＨＰ的「體力吸收」與透過事前運算來閃避敵方攻擊的「未來預測」等強力技能，但鎧甲擁有者的精神會遭到Chrome Disaster汙染，進而完全受到支配。

■ＩＳＳ套件＝ＩＳ模式練習用（Incarnate System Study）套件的縮寫。只要用了這種套件，任何超頻連線者都能夠運用「心念系統」。使用中會有紅色的「眼睛」附在虛擬角色的特定部位上，散發出黑色的鬥氣——象徵「心念」的「過剩光(Over Ray)」。

▶▶▶ Accel World

1

場景轉暗。

聚光燈打下。

白色光輪之中，出現了上有無光澤紅漆的巨大圓柱，一個小小人影靠在柱體彎曲的側面。那影子並非活生生的人。他全身披著濃銀色的金屬裝甲，頭上也戴著同色頭盔。

接著，微弱的光明照亮四周。夜晚中無數的火堆靜靜搖曳。圓柱不只有一開始那根，而是有無數同樣的柱子林立排列。地面鋪了純白的鵝卵石，遠方浮現巨大宮殿的輪廓。銀色頭盔動了動，抬頭仰望遠方宮殿。

……不是說這裡「固若金湯」嗎？真是夠了。

明知狀況完全是自找的，那人腦袋裡還是不由得發出這樣的牢騷。

很遺憾，他不能開口。不僅如此，他甚至不敢發出半點腳步聲。因為只要發出一絲聲響，城郭內來來去去的武士型公敵說不定就會大舉殺來。

一隻武士的尺寸頂多只有三公尺高，棲息在外界的巨獸級公敵動輒是他們的五倍大。然而這些三、四人一組在長回廊與城牆上走得鎧甲喀啷作響的武士，卻散發出一種濃密的壓力，多半多已經超越巨獸級，直逼神獸級……不，說不定甚至逼近守護城門的「四神」。

當然，他之所以能入侵這座城堡——這座矗立在「無限制中立空間」中央的雄偉「禁城」內苑——就是因為突破了四神的把守。然而，他並沒有打倒四神中的任何一個，而是趁隙溜進來的……或者該說一個不小心就闖了進來比較貼切。

……早知道會這樣，至少也應該準備逃脫用的登出口啊。

他又發了一次無聲牢騷，藉此按捺滿心的恐懼與焦慮。

儘管金屬虛擬角色軀體映出了城內照明用火堆的光芒，全身仍然十分冰冷，心臟在微微泛黑的銀色裝甲下怦怦直響。眼前這四面楚歌的窘境，無疑是自他當上「BB玩家」以來最大的危機。

但在這同時，他心中也確實有著幾分興奮。

從加速世界誕生以來——也就是從這款由不明人士製作的完全潛行型對戰格鬥遊戲程式「BRAIN BURST」發放給居住在東京都都心約一百名小學一年級生後，已經過了十一個月。這段期間裡，升上4級而得以進入無限制空間的玩家，多半都曾挑戰過這座盤據在世界中央的巨城。無論是相當於現實世界中皇居的位置，還是周圍斷崖設定的絕對重力，怎麼想都讓人覺得

這裡就是遊戲的最終目標——換個比較孩子氣的說法，就是「最終頭目的城堡」。

然而，所有超頻連線者的挑戰，都被那可怕的超級公敵「四神」不費吹灰之力擺平。

北玄武、東青龍、西白虎、南朱雀，這四隻公敵各自擁有分為五階段的HP計量表，而且還具備了彼此互相支援．恢復HP的能力。具體來說，只要有四神沒在進行戰鬥，就會以驚人速度對正在其他城門戰鬥的四神施放能力強化或治療術。這也就表示，集中戰力個個擊破的辦法根本不可能成功，玩家方面也必須分成四隊，同時對四神展開攻擊。既然現階段超頻連線者不到五百人，而且還分成了無數小軍團互相抗衡，自然不可能展開那麼大規模的作戰行動。其中不乏組成小規模部隊強行朝單一城門衝鋒卻死在大橋深處，就這麼陷入「無限公敵致死」——不過這個詞是後來才發明的——因而導致超頻點數全部耗光的例子。

在這樣的狀況下，儘管並沒有打倒四神，但自己畢竟成了第一個成功入侵禁城的案例，心中難免會興奮。

他或許有機會就這麼一路抵達城內深處，成功拿到象徵最終破關條件的物品，成為第一個把BRAIN BURST破關的玩家，並將名號就此永遠刻畫在整個加速世界之中。

他沒有什麼了不起的能力，只是個不起眼的金屬虛擬角色，過去並未特別受到矚目。

而他的名字「Chrome Falcon」卻可能轟動加速世界。

虛擬角色的名稱中有獵鷹這個字眼，聽起來還挺帥氣的；但正因如此，長久以來眾人一直認為Chrome Falcon的性能與外觀都「名過於實」。不只是對手，連他自己也這麼認為。

唯一跟猛禽類相似的地方，就是下端突出成喙狀的面罩；再加上臉的部分又沒有鏡頭眼，呈現出一片光滑的銀色，讓他總是擺脫不了小兵的形象。而且Chrome Falcon不但體型十分瘦小，手腳上也沒有佩帶任何武器，當然背上更沒有像是翅膀的物體。

他的攻擊方法，就只有拳擊、腳踢，以及小個子的敏捷與堅硬的身體。會說他這個對戰虛擬角色「很迷人」的，就只有對戰搭檔「Saffron Blossom」。儘管Falcon對這句話毫不懷疑，但還是希望自己可以有些比較配得上她能力的條件。

Blossom人如其名，有著「讓花朵綻放」的能力。她可以透過右手上一根小小的魔杖，發射多種種子埋在敵方或我方虛擬角色身上，並在經過一定時間後開出花朵，藉此發揮多樣的效果：比如削減體力計量表、必殺技計量表、絆住對手行動，又或是加掛支援效果、除去弱化效果等等。有些沒口德的人講得比較難聽，說這是「寄生屬性攻擊」，但就連間接類（黃色系）的對戰虛擬角色之中，也很少人有這麼廣的泛用性。

當然，有這麼豐富的能力，就得犧牲其他部分當作代價。以Blossom的情形來說，就是防禦力相當靠不住。為了彌補這個弱點，她與耐打的Falcon組成搭檔——但即使兩人並肩作戰已經過了約半年，Falcon還是放不下心，擔心一旦有更耐打的傢伙邀Blossom搭檔，說不定她就會答應。

在不同於「一般色相環」的「金屬色相條」上，最左端是白金與黃金這類貴金屬，右端則是鋼與鐵這類卑金屬。雖說分類上有貴賤之別，但同等級的總潛力都一樣，愈靠左就愈不怕毒、酸與腐敗等特殊攻擊，愈靠右則愈能抵擋拳頭與刀劍等物理攻擊。

「Chrome」幾乎位於色相條的正中央，各方面的抗性都是高不成低不就。如果只以單純的裝甲硬度而論，不少金屬色都在他之上。不僅如此，即使是一般顏色之中，以防禦見長的綠色系裡也很可能有人比他更能扮演好肉盾的角色。

換言之，如果只靠自己耐打，實在不知道Blossom什麼時候會被搶走。

連他自己都不太清楚這股哽在胸口的感情到底是怎麼回事。他在加速世界裡以灣岸區域作為根據地，好不容易才撐到現在，開始有人以「黑銀獵鷹」之類的綽號稱呼他；然而一旦登出超頻連線，他就只是個八歲的小學二年級生——不，這應該也是藉口。尤其是能夠進入無限制中立空間以來，他已經在這個事實上有著無限時間的世界裡，度過了將近五年的體感時間。

所以，現在他腦海中有個角落清楚得很。

當他前幾天好不容易升上5級而得到某項必殺技時，之所以會立刻想到這座「禁城」……還將這個構想付諸實行，更別說不知道該算是幸運還是不幸，竟然讓他成功闖了進來，搞得他現在得在大群可怕的公敵中屏氣凝神，這一切都是出於對Saffron Blossom的愛意與獨佔慾。

——差不多該移動了，不然其中一組照固定路線在城內巡邏的武士，就會出現在他當下藏身的地方。

面罩一角從漆成紅色的柱子下探了出來，迅速觀察狀況。

他現在位於直徑一千五百公尺呈正圓的「禁城」內苑南區，也就是連接「朱雀門」與城堡本體正面入口的大路角落。入口兩邊有著外觀極為剽悍，已經不像武士而像鬼神的公敵把守，怎麼看都不覺得有辦法突破。他將目標鎖定在白色牆壁上所開的窗戶之一。既然不是正規的通路，這些窗戶很可能無法從外側打開，但只要是真貨，應該就能從那兒闖進去。

負責巡邏的武士型公敵小組腳步聲從背後接近。他深吸一口氣，踏出右腳，同時小聲喊出招式名稱：

「閃身飛逝(Flash Blink)。」

幾名武士似乎敏銳地聽見了這最低音量的聲音，從步行轉為奔跑。

但這時黑銀虛擬角色已經完全從柱子後消失無蹤。他只留下了藍色殘像便暫時消滅，然後無聲無息地在離了有三十公尺遠的城牆邊化為實體。

這就是Chrome Falcon的5級必殺技「變相瞬間移動」。之所以說「變相」，是因為這種能力終究是位於「高速直接移動」的延長線上，只能移動到「眼睛看得見」且「空間連續存在」的地方。然而，移動過程中虛擬角色將化為零質量的粒子體，讓他能完全免疫物理攻擊與重力攻擊。

他以背部緊貼白色牆壁的姿勢再度出現，觀察那群殺到他先前所站位置的武士型公敵。這群武士跟丟了造成他們攻擊性強化的入侵者，四處尋找目標，但過了不久就像忘了這一切似的，回到原來的巡邏路線，以緩慢的步調開始行走。他鬆了口氣。姑且不論戰鬥能力，至少這群武士型公敵的AI明顯不如「四神」。

他轉過身去，望向設在背後牆上的大窗戶。

從見到場地屬性是和風的「平安京」時他就開始抱有期待，一看之下，果然發現窗戶只由漆成紅色的縱橫木條組成，沒有鑲嵌玻璃類材質。每個格子大約只有三公分見方，無論多嬌小的虛擬角色都不可能直接鑽過這樣的空隙，然而……

他朝視野左上方的必殺技計量表瞥了一眼，還剩百分之五。雖然體力計量表也只剩百分之二十左右，但就算體力全滿，只要被武士型公敵砍中肯定還是會一刀斃命。

他慎重地算準軌道，右腳用力跨步，消耗掉所有剩下的計量表，做出了最後一次的「閃身飛逝」。

Chrome Falcon的身體化為粒子，鑽過細小的窗格，終於成功進入禁城本體之中。

這招就是他所仰賴的手段。全靠這招，才讓他得以瞞過「四神」的眼睛，突破固若金湯的禁城外牆。詳細步驟極為單純：事先集滿必殺技計量表，不走有四神把守的大橋，而是朝向圍繞禁城那條充滿無限黑暗的外護城河，進行最遠距離的「閃身飛逝」。只是話說回來，就算用完整條計量表，頂多也只能移動一百公尺，實在不足以越過寬五百公尺的斷崖。

因此，他一開始先將軌道設定得稍微往上偏。一出現在斷崖上，不容抗拒的超重力就會捕捉到虛擬角色，企圖把他拉到無底深淵。這時ＨＰ計量表將迅速減少，但同時必殺技計量表也會再度得到補充，累積到一定程度，就再度往斜上方「閃身飛逝」。之後便一直反覆這樣的過程，直到越過護城河為止。

——但話說回來，其實他今天本來只打算先進行偵察，或說只是做個實驗。他原本想確定反覆使用閃身飛逝、集氣、閃身飛逝的方法可行後，順勢落入谷底死亡，就能在斷崖前復活。之後再根據得到的資料重新評估計畫，等有把握可以成功再正式挑戰。

本來應該是這樣，但他卻在第一次嘗試中就無謀地豁出性命進擊，而這純粹是因為掉往無底深淵的過程實在太駭人。從未體驗過的掉落讓他完全失去理智，只顧著往前方反覆使出閃身飛逝，結果就是不知不覺間整個人已經攀在禁城外牆上。說來就是這麼回事。

儘管得到的結果符合期望，但他卻不敢僥倖地認為至少結果是好的。

加速世界開創以來這十一個月，不僅是一段當上ＢＢ玩家的小朋友互相戰鬥的歷史，同時也是一段所有玩家與神祕遊戲開發者較勁的歷史。這群小朋友投注了所有熱情來尋找系統的漏洞，也就是「輕鬆賺點數」的方法，但每次剛找到漏洞，開發者就透過版本升級的方式補洞。舉凡遊戲內的「引公敵卡在地形上的戰法」，到從現實世界利用外掛程式的「外掛作弊」等情

形，沒有任何例外；一旦賺點數的方法稍微散發出那麼一點作弊的味道，開發者就會以快得讓其他網路遊戲無法相提並論的速度加以對應，讓這些手法再也無法使用。也因為反應速度實在太快，不少玩家都主張開發並經營ＢＢ的並不是人類，而是ＡＩ。

不管怎麼說，這位神祕開發者嚴正排除遊戲中的作弊情形……或者應該說，對於想在加速世界得到些什麼的玩家，都會嚴正要求他們付出對等的代價。

既然如此，相信開發者絕不會認同在入侵「禁城」時並非透過原訂路線所在的四方城門，而是飛躍護城河闖進來的Chrome Falcon。對方一定會迅速升級版本，將斷崖的超重力改成連可以無視物理與重力攻擊的「閃身飛逝」也能捕捉到。不，搞不好現在就已經——

因此，現在就是他第一次也是最後一次的機會了。

我要在這裡有所得，再不然就是要完成一些壯舉，成為配得上當Saffron Blossom搭檔的超頻連線者。這樣我才不用再害怕失去她，才能讓她慶幸選上了我。

我不管在這個世界還是現實世界都同樣消極，Blossom卻肯找我說話，對我伸出手，我一定要報答她的這份心意，這才是最重要的。

穿透窗格闖入之處，是一條擦得亮晶晶的木頭地板走廊。靠內的牆是有著炫麗浮世繪裝飾的紙門，走廊上則有黃金燭台按照同樣間隔排列，橘色火焰靜靜地搖曳。至於公敵——目前連影子都沒看到。

Falcon查看背後的窗戶，發現底下有小小的鎖。那不會是無意義的裝飾物件。他開鎖後輕輕一推，就發現漆成紅色的整扇窗戶無聲無息地往外側翻起。如此一來，只要能回到這裡，至少就出得了禁城本殿。

然而就算出去，也沒有脫離用的傳送門。而且都來到這裡了，更不可能空手而歸。既然如此，便只剩下一條路，若精神力與運氣還撐得下去，就要不斷往更裡頭前進。

瘦小的虛擬角色在銀色面罩下屏息，彷彿要融入走廊昏暗的燈光般，開始慎重地前進。

不知道過了幾個小時——或許甚至幾十個小時。

由於Falcon是從學校放學回家就立刻潛行到無限制空間，因此別說是幾天，理論上時間甚至夠在這個世界過上幾個月。而他以前就曾經跟Blossom一起在這裡連續潛行，不，應該說是在這裡「生活」了三個月。

只是話說回來，前進時得持續避開比內苑守衛更加駭人的武士或神官型公敵偵測範圍，實在是超乎想像的難題。如果Falcon不是輕量型的小型虛擬角色，多半不可能辦到。再者，這座城的戒備似乎是把假想敵設定成數十甚至數百人的大部隊。不但通道異常寬廣，天花板也很高。也因此他才有辦法勉強避開巡邏的公敵群前進，但專注力也差不多快要到極限了。

他深呼吸一口氣，用冰涼的空氣冷卻腦袋，躲在一根粗圓柱後觀察去路。

整個禁城的直徑有一千五百公尺，而從朱雀門到有鬼神守護的正面入口，距離約有四百公尺。既然如此，這本殿的南北向長度應該頂多只有七百公尺左右。從入侵以來，他估計自己已經前進了五百公尺，照理說就算已經抵達本殿的核心地區也不奇怪。

果不其然——

就在往北延伸的通道前方，能看見一個特別寬廣的空間，以及閃爍在這個空間地板上的神祕光芒。

那兩團並列的光芒，都散發著有如水面晃動似的透明藍色。

他看過這種色調。那肯定是設在無限制中立空間各大地標的「登出點」，或說「傳送門」所發出來的光芒。

他先是不由得鬆口氣，接著又用力吞了回去。如果就這樣空手回到現實世界，別說是破關的榮譽了，自己甚至無法拿回任何成功入侵禁城的證據。這樣一來，可真不知道自己到底為什麼要朝著那無限的斷崖峭壁進行玩命的「閃身飛逝」，還忍耐這數十小時隱密行動所帶來的緊張，一路潛行到這裡……

——不對。

不，之所以會想要進行這個單人任務，應該不是為了這麼現實的理由。自己只是想要一些能撐起自信心的東西，希望這種事物能帶來力量，讓自己能抬頭挺胸站在Saffron Blossom的身旁才對。

既然如此，這樣就夠了。他潛入加速世界最危險的區域，一路前進到最深處，而且還活著回去。即使這件事只有自己知道，但今後這個事實——他達成了現在普遍認為最強的「純色」玩家都未能達成的壯舉，這個明確的事實——應該會賦予他非常實在的力量。

而且仔細想想，系統方面完全沒有明示把BRAIN BURST這個壯大神祕的遊戲玩到「破關」會發生什麼事。如果是將破關者的名字通告全加速世界，並給予點數當成獎金或給予強化外裝當成獎品，之後遊戲繼續進行……那當然就沒問題。但也有可能會突然響起片尾曲，列出工作人員名單，並隨著ＥＮＤ字樣的出現，從所有ＢＢ玩家的神經連結裝置中刪除程式。他跟Blossom當然沒有在現實世界中見過面，也沒交換過聯絡方式，所以一旦演變成這種情形，自己就再也見不到她了。

所以，即使在這城內發現疑似象徵破關條件的物品，他應該也不會去碰。這樣就對了。從傳送門生還，就是這次任務中所能指望的最佳報酬……

也不知道是不是加速世界中真的有天神存在，而天神憐憫了這個想得豁達的不起眼金屬虛擬角色……

當他使盡剩下的專注力，警戒著四周入侵大廣間時，在那兒等著他的並非只有傳送門。

左右並排的兩個橢圓形物體充滿了搖曳的藍光，與禁城外頭那些登出地點的傳送門一模一樣。然而這兩個橢圓前方，卻還各設置著一個奇妙的物件。

那是種高約一公尺且有著黑色光澤的石柱，不，或許應該說是台座。兩個台座上都放了東西。他壓低腳步聲，往左側台座靠近。

微微抬起視線望去，能看到盤據在傳送門光芒下方的——是一把劍，又或者該說是刀。之所以不能確定是刀是劍，乃是因為鍔與握柄的樣式都充滿日本風格，刀鞘卻是毫無彎曲的直線。整個物件都是由鏡子般光滑的銀色金屬製成，幾乎沒有裝飾。

但他仍然一眼就看出這把直刀蘊含可怕的威力，如果這是強化外裝，肯定是頂級，不，甚至是超出任何規格的貨色。光是這麼看上一眼，都能感受到一股莫大的壓力，足以媲美神獸級，不，甚至與過去唯一一次在極近距離和「四神」對峙時同樣沉重，讓他喘不過氣來。

Falcon好不容易才將視線從直刀上移開，再次望向這看似由花崗岩打造而成的台座。

台座前嵌有一面方形金屬牌，上面刻著一些圖形與文字。

首先最上面有七個點，分佈成像是把P字往左倒的形狀，各點之間有線相連。他在小學的自然課學到星座時，曾看過一樣的圖形。四個點形成方形，另外三個點連成尾巴，是斗杓形的「北斗七星」。再仔細一看，發現只有握柄部分的正中央，也就是五號星，畫得比其他幾顆大了一些。

星座下方寫著兩個在充斥英語的加速世界中十分罕見的漢字。他看得出是【玉衡】兩字，但不知道這是什麼意思。

更下面還有一行字，這次是寫英文字母。

【THE INFINITY】。

記得這個字意思是「無限」，想來應該就是這把直刀型強化外裝在系統上的名稱。Falcon在銀色面罩下反覆念了這個單字數次，同時往右移開幾步，抬頭望向另一個台座。

這個台座上放的則是比較偏歐風造型的全身護具——

那是一件鎧甲。

鎧甲款式並不厚重，如果是在一般的VRMMORPG裡，多半會歸類為輕裝鎧甲。頭盔是圓冠造型，胸部、肩膀與手臂的涵蓋範圍也僅有最低限度，下半身則只有及膝的長靴，但完全不會給人廉價的印象。這件鎧甲跟那把劍一樣，外觀完全由鏡面銀構成，散發出來的資料密度讓人覺得多半可以彈開任何攻擊，甚至連周圍的空間景象都會跟著扭曲。跟這件鎧甲比起來，就連屬於金屬色的Chrome Falcon身上裝甲也只像是玩具。

他壓低讚嘆聲，查看這件物品的說明牌。

金屬牌設計跟劍的台座一樣，上半是北斗七星的浮雕，但畫得較大的則是六號星。上面刻的漢字是【開陽】，他依然不知道什麼意思。

最下面的英語名稱則寫著——

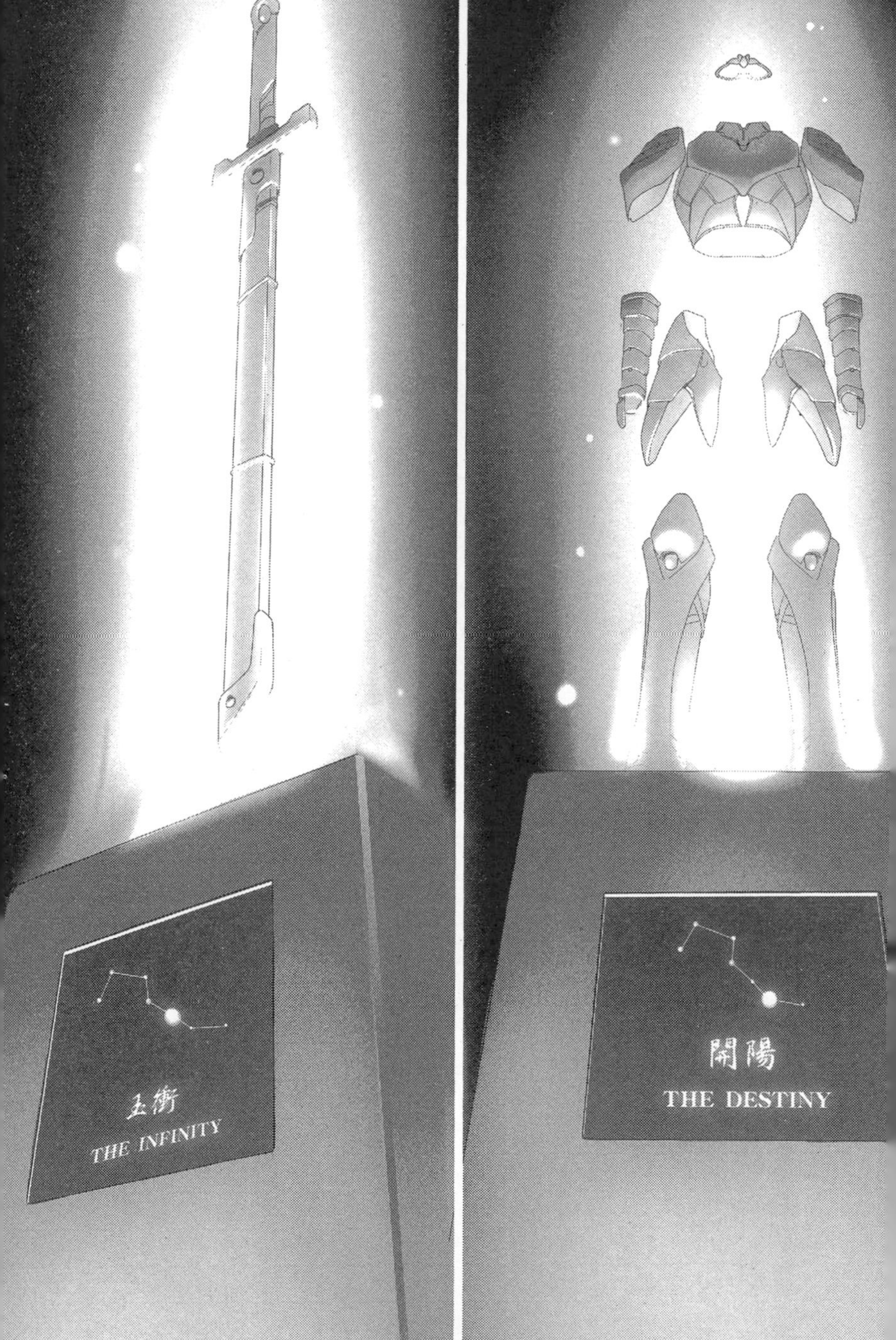
玉衡
THE INFINITY
開陽
THE DESTINY

【THE DESTINY】。記得這個單字的意思是……命運。

看到這裡，他退開一步，這次總算喘了口大氣。

這劍與鎧甲，想必是全加速世界最頂級的強化外裝。

只要伸手去碰，多半就可以得到。在無限制中立空間的各處存在著一些「迷宮」，傳說有人在這些迷宮深處找到這種放在台座上的強化外裝。

但緊貼在台座後發出搖曳光芒的傳送門卻讓他十分在意，想來傳送門與這兩件物品當然不會無關。十之八九是只要碰到其中一件物品，就會在取得物品的同時發動傳送門，將他強制遣返回現實世界。

既然物品成了傳送門的啟動條件，那麼這個傳送門應該會是只能用一次的「單次傳送門」，而且啟動時隔壁的台座想必會鎖上。也就是說，無論是個人還是集團，來一次就只能取得劍或鎧甲其中之一。這種只能二選一的設計，的確很有遊戲的風格。

直到幾分鐘前，他還覺得光是成功闖入並生還的事實就已經足夠，但他沒豁達到在這個狀況下，還能不伸手去拿台座上的東西。畢竟他在現實中的年齡還只有八歲，即使算上加速後歷經的時間也不過十三歲。而且從機關安排上來看，顯然一定得去碰其中一件外裝，否則就無法使用傳送門。

那麼，該選哪一件？

無論劍或鎧甲，裝備上去後肯定能變得比現在強上許多。然而，只強化Chrome Falcon自己是沒有意義的，大前提始終該放在強化他跟Saffron Blossom的搭檔戰力上。Falcon的存在意義就是保護她。那麼應該選劍？畢竟原本就是防禦型的金屬色即使變得更硬，也只是錦上添花。

想到這裡，他便朝左側寫著【THE INFINITY】的台座踏出一步——但隨即停住了腳步。

如果真心希望保護Blossom，應該有更佳的解答。有方法可以抵銷她裝甲太薄弱的缺點，讓她不用再畏懼猛烈的集中攻擊。

Falcon握緊右拳，往自己胸口正中央敲了一記，拋開眷戀與私心，朝著坐鎮在右邊台座上的純銀鎧甲伸出手。

他的指尖碰到了鎧甲——還來不及多想，就有段紫色的系統訊息在一陣輕快音效中從視野內跑過。【YOU GOT AN ENHANCED ARMAMENT〈THE DESTINY〉】。

鎧甲化為發光粒子消失，同時傳送門的藍色光芒膨脹開來，裹住了Chrome Falcon。

場景轉暗。

聚光燈打下。

白色光輪照出了一個說不上寬廣，但住起來應該會很舒服的房間。

牆壁與地板都是由打磨光滑的木板構成，角落放有黑色的烹飪爐，淡淡水汽從爐上的茶壺往上升。另一側的牆邊擺了張稍大的床，純白床單上有兩個人影並肩坐著。

兩人都不是血肉之軀。一人身上穿著深銀色的金屬裝甲，另一人則全身裹在有如太陽般明亮的黃橙色中。那頭短髮，以及肩膀與腰部的造型，都讓人聯想到花朵剛綻放時的花苞。

銀色的一方像個挨罵的小孩般垂頭喪氣，濃黃色的一方則俏皮地朝他輕輕舉起右拳。

「你喔——————會不會太傻啦!?」

Falcon面罩上挨了一記已經不知道是第幾下的輕敲。他用力縮了縮脖子，說出同樣已經不知道是第幾次的藉口。

「就、就說我一開始本來也只打算實驗一下啊。」

「那只要馬上用同樣的方法回來不就好了！為什麼還傻傻地一路跑到那麼裡面去！」

「因、因為我HP也扣了很多……而且我也不確定從護城河內用『閃身飛逝』死在谷底會不會從外面復活……」

「就算是在內側復活也沒關係啊，到時候HP計量表也全滿了，重新用你的「閃身飛逝」跳回外面不就好了！」

「嗚……妳、妳說得一點也不錯，可是……」

Falcon從來不曾辯贏理論派的搭檔。正當他垂頭喪氣時，卻聽見對方重重嘆了口氣，原本高舉的手並未再敲一記，而是用那嬌小的手掌緩緩摸了摸他頭盔的頂部。

「……算了啦，你敢去闖『禁城』的挑戰心，還有一路到最裡面又回來的精神，的確是值得嘉獎。法爾，你好努力。」

聽到那溫柔的嗓音，他不由得滿腔感動，抬起頭來。Saffron Blossom那惹人憐愛的面罩上，露出了溫和的微笑。

「謝、謝謝妳，芙蘭。」

他看著淡藍色的鏡頭眼這麼說，Blossom隨即害羞地聳聳肩，從Chrome Falcon頭上拿開手站起身子。

「我去泡茶。對了，慶祝你平安回來，我們切蛋糕吃吧！上次我在銀座區的『食品店』買了個看起來很好吃的蛋糕呢。」

看著搭檔跑向房間另一頭的廚房，Falcon內心深處湧起無數種情緒，一時說不出話來。

這間小房子座落於無限制中立空間灣岸區，在現實世界則位於海埔新生地台場地區一角，是他們倆花了好幾年——當然是以加速過的時間計算——獵殺公敵，才賺到點數買下鑰匙的。從Falcon的觀點來看，難免會覺得還不如拿這些點數來升級，或是購買強力的強化外裝，但看到Blossom第一次打開新家大門時臉上那感動的表情，這種幼稚的眷戀立刻就被他拋到九霄雲外去了。

之後，他們又花了將近一年的時間慢慢買齊各種家具，如今連Falcon也覺得這間房子待起來比現實世界中自己的房間更自在。畢竟自己既沒有兄弟姊妹，雙親又很晚回家，每天都只能孤伶伶地待在公寓大樓裡；但這個地方不一樣，隨時都有Blossom陪著他。當然，睡在同一張床上難免會覺得害臊。

她當時為何那麼拘泥於要買一間房子呢？

在現實世界中的一個月前，女孩說出了理由。

Saffron Blossom生來就罹患了一種難治的疾病——細胞粒線體功能低落。由於這是遺傳性疾病，就連最先進的微型機械治療也沒有效果。儘管現在的症狀還不重，只是容易疲勞或偶爾頭痛，但醫師告訴她，不久後便會開始發生痙攣與麻痺等症狀，病變遲早會蔓延到心臟——她恐怕活不到長大成人。而她之所以會從出生起就一直配戴才剛上市的神經連結裝置，似乎就是為了持續監控病情。

當時Falcon就坐在同一張床上，聽得瞪大雙眼，Blossom說完卻開朗地對他露出笑容。

——法爾，別露出這種表情嘛。就算真有什麼問題，那也是十年或十五年以後的事了。而且，我們不是有「BRAIN BURST」嗎？我會在這加速世界裡，好好活完足以抵上其他人一輩子的時間。我要買下一個可愛又漂亮的家，跟心愛的人永遠廝守在一起……

說著，Blossom又緬靦地笑了笑，讓Falcon忍不住問道：「妳是說跟我？」自然馬上又被她

敲了一記。

他好高興，但同時心裡也感到一絲恐懼：自己真的夠格嗎？Chrome Falcon是不是真的有資格跟Blossom共度她的「一生」呢？昨天他之所以會逞匹夫之勇試圖入侵禁城，也是因為這份恐懼一直盤踞在內心深處。

所以，既然已經從那座城堡生還，看到眼前準備茶與蛋糕的搭檔側臉，他就是沒辦法不問出這個問題。

「芙蘭……我問妳，妳為什麼……為什麼選上我？我沒什麼特別的能力，在金屬色裡面也只是個半弔子，為什麼妳肯選我？」

Blossom聽完瞬間瞪大了眼，隨即高高噘起嘴說：

「啊——你竟然忘了！法爾，我說你喔，一開始明明是你來邀我搭檔的耶！我們一起觀戰時，你用有夠小的聲音跟我說話，害我還反問了好幾次呢。」

「咦……是、是這樣嗎？」

他趕忙翻找記憶，畢竟那已經是體感時間將近五年前的往事。但他仍然在一幅模模糊糊甦醒過來的遙遠情景之中，看見對Blossom搭話那人的確是自己。他的虛擬角色全身都冒出虛擬冷汗，心想真虧自己當初有那個膽子，此時Blossom已經放下茶壺走了過來，把雙手輕輕放到他肩膀上。

「那法爾，我也要問你，你為什麼選我？當時我根本沒什麼技能，老是被高火力型角色打好玩的，你為什麼找上我？」

——這怎麼說得出口？怎麼能說自己只看一眼，立刻覺得「就是這個人了」。

但看起來連他心中的這種感慨，也瞞不過長年合作的搭檔。太陽色的虛擬角色溫柔微笑，纖細的雙手環抱在Falcon面罩上，將他緊緊擁在胸前。

「……我也一樣。我也是……這麼想的。沒有其他理由，而我也從來不曾後悔……好了，來喝茶吧，然後我們去看海。現在外頭是『黃昏』屬性，晚霞一定很漂亮。」

場景轉暗。

聚光燈打下。

白色光輪照出了兩個相互依偎的人影——Chrome Falcon與Saffron Blossom。

接著亮起的光寬廣地照出遠景。海面風平浪靜，太陽正要沉入水平線下。反射在浪濤間的夕陽顯得波光粼粼，與看著這幅光景的兩人身上所披顏色十分相似。

從台場西南角的曉埠頭公園望去，所見的東京灣黃昏景色實在太美，讓人很難相信這真的是由公共攝影機畫面重新建構出來的３Ｄ圖像。

如果是在現實世界，應該會不斷看到有飛機在對岸的羽田機場起降，然而現在卻一架也看

不到，反倒是多出了大型的翼龍公敵緩緩飛在橘色天空中。在離岸邊有段距離的海面高高噴出水柱的也不是鯨魚，而是長頸龍。

每當與Blossom這樣一起眺望廣大的無限制中立空間，他就沒辦法不去想一件事。

到底這個世界是為了什麼才誕生的？只邀年幼的小孩來到這裡，到底有什麼目的？

憑小學生的知識，實在無從想像建構並經營這麼巨大的系統到底要花上多少成本。況且一直到現在，BB玩家從來沒有支付過一塊錢的遊戲費用。雖然謠言紛飛，有人說這是遊戲大廠在進行市場調查，也有人說是廣告公司的新行銷策略，但如果真是這樣，程式本身的發行量實在太少。

大約一年前，有一百名左右的兒童從無法追蹤的來源，收到了一份用戶端套裝軟體。當時只要升上2級就能去當「上輩」，行使不限次數的遊戲複製權，但這樣的人只佔了三成——總共三十人。接著程式就從這三十人開始，以喜歡玩遊戲的兒童交流社群作為媒介再度傳開，現在BB以東京都二十三區的南部為中心，玩家總人數已經擴大到五百人，但這樣的規模，仍然小得不可能撐起企業的販賣策略。

況且追根究底，這款叫做BRAIN BURST的遊戲光是當玩家的條件就已太過於嚴格。實在不可能有夠多兒童打從出生就一直配戴神經連結裝置，而且還有長時間完全潛行的經驗。雖說BB程式好歹有提供「安裝素質檢測模組」，不管透過有線直連或無線網路，都可以隨便傳輸個檔案並藉以偷偷檢查對方是否符合條件，但Falcon至今仍不曾在自己周遭找到任何一個有資質的人。也因為這樣，儘管他已經升上5級，卻幾乎完全放棄當「上輩」了。

為什麼？這個蘊含了無限時間與無限空間的異世界，到底是為何而存……

「法爾，你又在想那個問題了？」

依偎在身旁的Saffron Blossom突然說出這句話，使得他在銀色面罩下連連眨眼，中斷了茫然的思緒。

「啊……嗯……在正常空間裡是沒什麼感覺，不過像這樣看著無限制空間，我總會感到在意——我……我們到底會被帶到哪裡去。」

「……也對，我懂你的心情……應該吧。因為我也一樣，最近跟現實世界裡的朋友或家人說話時，偶爾會看到他們露出奇怪的表情。雖然我覺得自己什麼都沒變，但我似乎會在不知不覺間，說出以前沒在用的詞彙……」

看到Blossom無助地將身體靠過來，Falcon用力摟住她的肩膀。

「這……有什麼辦法呢？我們已經在這個世界裡過了……不，是生活了足足五年。這段期間我們看過很多東西、談過很多話題、想過很多事。如果只拿靈魂年齡來說，我們連六年級生都趕過去了。可是……我想這應該不全是壞事。如果是以前的我，別說跟妳這樣的女生說話了，光是要待在同一個地方，我都會害羞得坐立難安耶。」

「呵呵，獵鷹同學，可惜在我看來你還嫩得很呢。」

Blossom露出淡淡微笑，但她惹人憐愛的面罩上卻隨即再度流露出憂鬱神色。

「……法爾，我問你喔……你聽說過喪失所有超頻點數、ＢＢ程式被強制移除的玩家，會有什麼下場嗎？」

這段耳語讓Falcon登時全身僵硬，但他隨即放鬆緊繃的身體，刻意以平靜的嗓音回答：

「我覺得……只是謠言吧。如果妳指的是當玩家失去程式，就會失去所有跟加速世界有關的記憶那個說法……妳想想看，那得要操縱人類的記憶耶，再怎麼說都太扯了……」

「可是要說扯不扯，我們剛開始也都不敢相信會有這種讓思考加速一千倍的技術吧。老實說，我到現在還是沒辦法好好弄懂這是怎麼運作的，所以搞不好『消除記憶』那件事也……」

Falcon對BRAIN BURST的核心技術也沒什麼概念，聽她這麼一說自然只能乖乖閉嘴。

如今沒有「上輩」的「第一世代ＢＢ玩家」估計已少於二十人，其中不曾有過「下輩」的更是寥寥無幾，而他們倆就屬於這個族群。所以對於這個「玩家一旦喪失程式就會跟著失去相關記憶」的傳聞，兩人一直沒有機會去驗證。

不，即使真有這樣的機會，恐怕也很難得到確切的證據。畢竟照謠言的說法，永遠退出加速世界的人並不像是完全失去相關的記憶，比較像是「失去對BRAIN BURST的興趣以及細節知識」。這麼做既不會在當事人的記憶中留下空白，也不會讓周圍的人們覺得太不對勁，算是一種有緩衝機制的洗腦。

也許，這種處置比完全消除記憶更加可怕。

過去曾是同一個軍團的戰友，又或是「上下輩」這種有著密切關係的對象，有一天突然不再對自己表示興趣——卻又不是忘了自己，只是把自己當成許多不熟的朋友當中之一。與其如此，乾脆被完全忘記或許還好點。畢竟那樣一來，至少還留有一絲重新當朋友的希望……

這個令人不寒而慄的念頭，讓Falcon的虛擬身體不由得全身一顫。這時他耳邊卻傳來一句更加小聲的耳語。

「法爾，我啊，打算再過一陣子，就要開始收『下輩』。」

「咦……」

聽到這句出乎意料之外的話，讓他盯著搭檔的臉打量個不停。Blossom露出害羞的微笑，但表情隨即轉為嚴肅，平靜地開始述說：

「之前我一直沒有自信能保護『下輩』，所以遲遲踏不出這一步，但我最近打一般對戰的勝率已經開始穩定下來，還累積了很多對公敵戰鬥的知識跟技術，對吧？既然這樣，就算下輩的點數短缺，我至少還能供應一些點數讓他們應急。當然也不會無條件讓出點數寵壞下輩啦。我應該會要他們升上4級以後，去獵公敵還我。」

「哦……哦哦……原來如此……」

他點著頭，心想Blossom一定可以當個嚴厲又慈祥而且很靠得住的媽媽……不對，應該說是「上輩」。Saffron Blossom將目光從還有點跟不上狀況的Chrome Falcon身上移開，望向位在東京灣另一頭的太平洋，說出了更驚人的話：

「還有，這件事可能還很遙遠，不過我將來打算成立軍團。」

「咦……妳想打領土戰爭？」

他趕忙這麼一問，就看到她的黃橙色短髮左右甩動：

「不是不是。台場的這一區一直是空白地帶，所以我也許真的會宣稱這裡是我們的領土，然而我的目的不在這裡。我想成立的不是戰爭軍團……該怎麼說，算是一種互助軍團。」

「互助……妳是說互相幫助的互助？」

「嗯，就是這樣。剛剛不是說過萬一『下輩』有危險，我會供應點數讓他們以後再還嗎？我就是在想這種做法有沒有辦法弄成大規模的制度。」

搭檔所說的話終於超過Falcon所能理解的領域，讓他用力歪了歪頭。接著Blossom轉過身來，從正面握住Falcon的雙手，以更加認真的表情說了：

「法爾……你聽我說，我們不是從1級就開始組成搭檔嗎？後來我們兩個拚死拚活地戰鬥並升上了2級，後來更順利升上3級、4級，不知不覺間都已經5級了。可是我現在才發現，我們真的非常幸運。你想想……雖然我也不願意這麼認為，但是在我們升級的背後，一定有很多BB玩家耗光所有點數，離開了加速世界……」

「……」

她說得不錯。過去他看到有人用光點數的瞬間只有寥寥數次，但從遊戲開始到現在的短短十一個月之中，「第一世代」裡每五個人裡就有四個已經消失，這是千真萬確的事實。

這話題太沉重，讓Falcon難以回應。接著，握住他手腕的兩隻小手就像是要撫慰他似的輕輕動了動，同時他耳邊更傳來柔和的聲音說：

「對不起喔，法爾，我不是覺得後悔。『BRAIN BURST』是一款對戰格鬥遊戲……有人贏當然有人輸，我也不打算否定這個大前提。可是……可是啊，如果點數降到零就會失去程式跟記憶，什麼都不剩，再也來不了這個世界……這樣實在太嚴厲了。我看過很多沒剩多少點數的人，他們看起來一點也不開心……若是玩得不開心，就不再是遊戲了……」

——也許這種嚴厲，正是神祕的遊戲開發者所要的。Falcon瞬間有了這樣的想法，但他卻說不出口，只能輕聲問：

「所以……妳才想成立『互助軍團』……？」

「……嗯。我想先儲蓄很多點數，借給快要用光的人。等他們穩定下來，再要求他們參加獵公敵的活動來還。畢竟這五年來，獵公敵的訣竅我們已經學到不想再學了。只要善用這些經驗，我想應該可以大幅降少打公敵出意外的機率。」

「可是……可是啊……」

他一邊拚命在腦中試圖理解Blossom的構想，一邊戰戰兢兢地反問：

「假設所有玩家都參加這個互助體制……到時候不就再也不會有人喪失所有點數？所有玩家用來『加速』或升級用掉的點數，不就全都得靠獵公敵來提供……？這種事情真的有可能辦到嗎……？」

「辦得到，一定辦得到……不，應該說非辦到不可。」

Saffron Blossom那對有如春日晴空的淡青色鏡頭眼上，露出從未有過的認真神色：

「我……最近聽說了一個讓人不舒服的謠言。說是有部分軍團開始在遊戲專賣店或遊樂場找出有加速資質的小孩，一找到就傳輸ＢＢ程式給他們……」

「……這、這方法的確太隨便了點，不過要增加成員的話，應該也還算可行吧……？」

「不是的，聽說這些人不是把收為『下輩』的人收編進來……而是根本連BRAIN BURST是什麼東西都不講，就連續跟他們進行直連或區域網路對戰，搶光起始的一百點……直接逼得他們強制移除……」

「這……」

他倒抽一口氣。這已經不是「推銷」，而是純粹的「獵殺」了。而且獵殺的不是公敵，而是玩家。

Saffron Blossom在極近距離看著說不出話的Chrome Falcon，發出緊繃的嗓音：

「如果這是事實……這樣真的不對。就算系統上可行，也絕對不應該這樣。雖然我現在還什麼力量都沒有……可是我非得做點什麼不可。就算一點一點慢慢來也好，能做的事情非得開始做不可。我不知道得花多少時間，但我會開始收『下輩』，嘗試借貸點數的制度，成立軍團……希望有一天、有一天這世界的每個人，都能笑著享受遊戲的樂趣……」

不知不覺間，Falcon的雙手已經用力擁住Blossom。

他拚命朝著懷裡嬌小的虛擬角色耳語：

「……我也會幫忙。雖然我才真的是個渺小的金屬角色，什麼能力都沒有……但我保證，為了妳……為了這個世界，我會盡我一切努力。BRAIN BURST是對戰格鬥遊戲，而且遊戲就是要玩得開心才對。我……過去能跟芙蘭並肩作戰，真的過得很開心。從認識妳以來，我一直期待每一個明天趕快來。我想把這種心情，也傳達給其他玩家知道……」

「嗯、嗯……能跟法爾在一起，我也很開心。以後我們一定也要一直過得開開心心。讓我們兩個人一起在這個世界散播歡樂吧。只要我們倆同心協力，一定辦得到的……」

Blossom以顫抖的嗓音回答。Falcon先再次用力抱住搭檔，接著輕輕推開女孩的肩膀。

他先豎起一根手指要搭檔等一下，接著觸控顯示在視野左上方的體力計量表，打開選單視窗。他用手指滑過持有物品欄(Storage)，讓一項物品物件化。

那是一張有著鏡面銀色光芒的卡片。在無限制中立空間取得的物品，大致上都是以這種卡片的型態出現。強化外裝也不例外，在迷宮中或打倒公敵取得後，就會以封印在卡片中的狀態轉移到持有物品欄。物品的所有權，則是在第一次有人裝備上去時決定。

Falcon從視窗裡拿出卡片，朝Blossom遞了過去。

卡片表面刻著一串小小的文字——【THE DESTINY】。這是他在禁城深處取得的白銀鎧甲，想來多半是全加速世界最頂級的裝備。

「芙蘭，這個給妳，相信它一定可以實現妳的夢想……」

他輕輕將卡片放到Blossom戰戰兢兢舉起的雙手上。

當時他們自然無從得知這股力量實在太過強大，強大得甚至會扭曲他們兩人的命運……

場景轉暗。

聚光燈打下。

白色光輪中，照出了一個嬌小的人影。

一種媲美春日暖陽的黃橙色，妝點了她的全身。然而，如今她身上卻隨處都看得見一些以前並不存在的配色。她的額頭、胸口與雙手雙腳上，都閃著鏡子一般的銀色光芒。

那頭形狀有如花朵含苞待放的短髮深深低垂，雙手往左右大幅度張開，纖細的雙腳無力地伸長。那人之所以在這麼不穩定的姿勢下全身還能一動也不動地保持直立，是因為有東西從背後固定住她。

那無光澤的黑色物體，就像裁切出來的大型板子一樣薄——是十字架。不知道上頭是否有某種磁力，只見黃橙色的人影被牢牢吸在上頭。

接著，光線總算照亮了四周。

地面的金屬光澤中帶著幾分綠色，有著同樣金屬配色的奇怪昆蟲沙沙作響地爬行。十字架插在一處成缽狀凹陷的寬廣窪地底部，旁邊有著巨大的地洞張開漆黑大口，洞穴側面看似被某種透明黏液給沾濕了。

照明的範圍繼續加大。

在直徑恐怕超過三十公尺的窪地邊緣，有多達數十個人影圍成一圈。他們不動也不說話，每個人都默默盯著窪地底部的十字架，似乎知道接下來會發生什麼事。他們壓低呼吸，睜大眼睛，流露出恐懼——又或是期待的神色。

這些人影之中，只有一個倒在地上。

這人個子很小，全身有著泛黑的銀色光澤，手腳很細，還戴著圓圓的安全帽。他看起來正拚命地試圖爬起，尖銳的手指用力在金屬地面上抓出痕跡，但他就是動彈不得。因為有兩塊與窪地底部十字架十分相似的無光澤黑色薄板從左右兩側夾住了他。

ENHANCED ARMAMENT
THE DESTINY

忽然間，在窪地中慢慢爬來爬去的金屬昆蟲一哄而散，躲進地面上隨處可見的生物狀縐摺之中，轉眼間便不見蹤影。

滋滋作響的低沉振動聲，從窪地中央的巨大地洞中傳出。

「住手……住手、住手啊——！」

這句話他已經不知道喊了幾十次、幾百次，但始終沒有人理會，只是徒然地被無限制中立空間的天空吸去。

眼前地面上，刻下了無數手指抓出來的細小痕跡，但無論他怎麼用力，頂多也只能活動手肘以下的部分。Chrome Falcon從雙肩到上臂的部分都被漆黑薄板夾住，薄板幾乎完全沒有厚度，卻像個巨大的鉗子一樣，以絕對不容抗拒的壓力絞住那副虛擬身體。

而令人難以置信的是，控制這兩片薄板的玩家，同時還在離了一大段距離的窪地底部放出漆黑的十字架，固定住Saffron Blossom。

Blossom的頭軟軟垂下，似乎已經沒有力氣動彈。這也難怪，先前幾十分鐘她所承受的痛苦之劇烈，已經遠遠超越過去她在加速世界體驗的痛楚總和。

而在Falcon意識中奔騰的劇烈憤怒與絕望，也同樣是他這輩子從未體驗過的感情。

「住手……我求求你們，住手啊……」

哀嚎斷斷續續地從那咬緊的牙關中擠出，同時虛擬角色的手指也在「煉獄」屬性的堅硬地面上刻出幾道新平行線。然而身子仍舊動彈不得，這份無力感更加深了他的絕望。

身體感受到一陣令人毛骨悚然的震動。牠又要來了。

窪地正中央固定Saffron Blossom的十字架旁，那開口直徑達兩公尺以上的洞穴底部，正有東西要爬出來。首先出現了十根以上前端尖銳的觸手，不停晃動；接著是兩排紅色光點在黑暗深處眨動，這流露出無底飢餓感的光芒正是牠的眼睛。觸手偵測到近處的Blossom，無數眼睛立刻閃過強烈的光輝，接著——

一隻巨大的蠕蟲型怪獸，灑著水聲與黏液從地洞裡衝了出來。那是全加速世界中除了守護禁城四方城門的「四神」以外，最強的神獸級公敵之一——地獄長蟲「耶夢加得」。

這種公敵只會在「煉獄」、「疫病」、「腐蝕林」等部分有機場地出現，也正因如此，一旦遇上幾乎必死無疑。然而牠的地盤只有直徑三十公尺的窪地，以神獸級來說相當小。即使被殺，過了一小時復活之後，就可以趁耶夢加得再次出現之前那約十秒的空檔逃脫。當然前提是沒有被其他東西——或者其他人阻礙。

Saffron Blossom被綁在黑色十字架上，絲毫不能動彈，耶夢加得立刻朝她的頭部接近。兩排合計十六隻鏡頭似的紅眼下，有個圍了一圈長觸手的圓形嘴巴，不，應該說是捕食孔。這個有著好幾圈鋸子般牙齒的無底孔洞，不斷滴出黏液，朝嬌小的虛擬角色逼近。Blossom登時全身一顫，頭垂得更低了。

「住……手……！住手啊……！」

Falcon從頭盔下發出沙啞的喊聲，但公敵不是人，自然不可能聽話。

長蟲頭上那直徑達一公尺以上的大口，在Blossom頭上張得不能再大。分泌出來的黏液不斷滴落，讓她黃橙色的裝甲上冒出大量白煙。這種液體有著能暫時大幅降低虛擬角色物理防禦力的效果，她身上的白銀鎧甲急速失去光輝。耶夢加得似乎就等這一刻，連人帶十字架，一口咬住了Blossom的上半身。

就在因情緒過於灼熱而染成淡紅的視野正中央，與Falcon共度了漫長時間的搭檔發出一陣又一陣的哀嚎。

強化外裝「THE DESTINY」的威力遠遠超出預期。

在物理攻擊方面，不分切斷、打擊、貫穿、槍擊或爆炸，對鎧甲幾乎完全起不了作用；能量攻擊方面也差不多，對雷射類可以反射，對寒氣、火焰、電擊也都具備抗性。唯一無法彈開的，就是金屬裝甲的天敵——腐蝕性酸液，但具備這種攻擊招式的對戰虛擬角色原本就寥寥無幾。它的防禦力強得教人不寒而慄，要說無敵也絕對不誇張。

但仔細一想，這件鎧甲原本就只有能擊破絕對無敵的超級公敵「四神」並攻進禁城最深處

的人，才有辦法拿到。本來它應該是BRAIN BURST裡最終極的裝備，但Falcon卻靠著偶然、幸運再加上系統的漏洞，於遊戲進行還只算得上拓荒期的此時就拿到手，鎧甲會發揮出壓倒性的戰力也絲毫不足為奇。

「THE DESTINY」強得足以讓遊戲平衡徹底崩潰，連鎧甲持有人Saffron Blossom自己都覺得害怕。畢竟過去紅色系或藍色系用出需要耗費整條計量表的必殺技時，她只要挨到一發，幾乎就會被打掉整條體力計量表，如今即使挨個正著也僅會受到極其微小的擦傷。她只打了幾場正規對戰，消息立刻傳遍整個加速世界，大量玩家向她開價想買下鎧甲，也有人邀她加入強勢軍團。除此之外，當然也有許多人罵她耍詐或作弊。

如果Blossom還只是那個想跟Falcon組成搭檔一起對戰下去的女孩，也許這時就已經封印或賣掉了鎧甲。

但是，現在的她卻有個遙不可及的夢想。她想創辦「互助軍團」防止有人喪失所有點數，希望藉此排除加速世界中肅殺的生死遊戲成分，將這裡變成讓所有人都能開心對戰……不，應該說變成可以開心生活的地方。

或許正因為Blossom被醫師宣告活不到長大成人，而她又接受了這個命運，才會拿這樣的夢想當成小小的抗爭。她想在加速世界荒涼的大地灑下無數種子，讓這裡遍地開花——或許打從當上ＢＢ玩家的那一瞬間，少女就一直作著這樣的夢吧？

要讓互助軍團的核心體制「超頻點數借貸制度」能發揮實際作用，就需要足夠的點數積蓄。而且將來一定會有人欠債不還，他們也必須擁有足夠的戰鬥力來嚇阻這樣的行為。

「THE DESTINY」在對戰裡自然不用說，就連獵公敵時也能發揮壓倒性的戰力，對Blossom而言，這副鎧甲無異是一張保證自己夢想能夠實現的車票。當然她也很自律，不會裝備鎧甲去找人對戰，但對於主動來挑戰的眾多強者，她與Falcon則會毫無例外地加以擊退。

儘管是以二敵一，但他們還是擊敗了號稱最強的「純色」玩家之一。那一天，Blossom終於在加速世界中宣布自己的構想，同時也廣徵有意願加入新軍團的志願者。

接著在昨天，多達三十名以上的ＢＢ玩家，以聯名方式送來一封信，說想知道具體內容。

兩人大喜過望，但同時心中也有一抹不安——因為這些人要求在無限制中立空間會談，說想確定是否真的有辦法穩定打贏公敵。這個理由的確很有說服力，但到了無限制空間後，實在不能保證會發生什麼事。最糟的情形下，甚至有可能遭到這三十多人全力圍攻。

即使真的發生這種情形，也很難想像裝備「THE DESTINY」的Blossom會被一招擊倒。所以他們兩人加上了一道保險：也就是指定離登出點很近的地方當會談場地。若這是圈套，只要立刻衝向傳送門就好。

其實只靠這麼一道保險，實在很難說萬無一失，因為並非所有對戰虛擬角色都只能進行直接攻擊。像Blossom自己就是很好的例子，只要有人像她這樣，擁有能絆住敵人或是遮蔽敵人視野的妨礙性招式，便可能無法順利由傳送門逃脫。但他們兩人還是毅然決定忽視這個危險，因為聯名寄來這封訊息的名單中，也包括了不少從以前就認識的人。他們無法想像，也不想猜測裡頭每個人都已經講好要設下惡意的圈套。

他們選定作為今天討論會場的地點，相當於現實世界中彩虹大橋北方芝浦停車場內的一棟建築物。在接近這裡的傳送門之前，為防有什麼萬一，他們還事先從遠方查探過。場內三十名以上已經聚集到現場的虛擬角色，面孔確實與訊息中的名單符合。

Blossom與Falcon鬆了口氣，來到首都高速公路台場線高架道路下方，開始往會場走去，此刻腳下卻突然出現兩片薄板——

以不容抗拒的強大壓力夾住了他們兩人。

「住手……快點住手啊！為什麼……到底是為什麼……！」

與「神獸」這個通稱的神聖形象大相逕庭的噁心長蟲，將無數牙齒埋進Chrome Falcon心愛的搭檔身上。他眼睛凝視這樣的光景，口中發出已不知喊到第幾次的嘶吼。

他的質問，拋向站在長蟲所在窪地邊緣的數十名BB玩家。

這些人大部分他都認識，其中更有幾個是一起觀戰時還會聊得很熱絡的朋友；彼此之間當然也曾經打過很多次對戰，但勝率幾乎都在五成左右。他不記得曾讓誰留下這麼嚴重的遺恨，嚴重到會讓他們設下這麼惡毒的圈套。

但他們卻不約而同地保持沉默，更沒朝在地面上動彈不得的Falcon看一眼，就只是目不轉睛地將視線投注於窪地底部上演的慘劇。他們的面罩上，全都露出了畏懼與戰慄的神色，但並沒有這麼單純。Falcon強烈地感受到他們臉上的害怕神色底下，還藏著某種非常非常令人不悅的情緒存在。

忽然間，右後方一兩步遠之處，傳來一個低沉而流暢的說話聲：

「Falcon同學，真不好意思啊，就由我代替他們回答吧。」

這個語氣簡直像學校老師的人，就是控制兩片薄板與一個十字架，鎖住Falcon與Blossom的玩家。Falcon不知道他的名字，也從未在加速世界見過這個人。這個對戰虛擬角色的造型十分奇特，彷彿是裁出許多黑色貼紙並縱向並列而排成的人偶。

「在這個還處於黎明期的世界裡，那件強化外裝的戰力實在超出現有框架太多了。相信透過這幾天的對戰，你們自己應該也已經充分感受到這一點了吧？」

ＢＢ玩家在現實世界之中的年紀再大，應該也還只是小學二年級生。因為「從剛出生就長時間配戴神經連結裝置」是安裝BRAIN BURST程式的必要條件，而民生用神經連結裝置就是從Falcon他們這些「第一世代」的兒童出生那年才上市。

但這個漆黑積層虛擬角色的語氣卻怎麼聽都不像是兒童。即使與現實世界裡擔任Falcon級任老師的那名二十來歲青年教師相比，也顯得年長。Falcon拚命抗拒發自他的壓力，擠出聲音說：

「那……我們會到商店把鎧甲賣掉，賣來的點數全部公平分配，這樣總可以了吧……需要做到這個地步嗎……！」

「很遺憾，如果採用這個方法，強化外裝就會留在商店裡，難保不會有人想拿到鎧甲，毀掉遊戲的平衡。這件鎧甲必須送回原來所在的地方才行，而要做到這一點，唯一的方法就是透過玩家以外的力量來消滅持有人啊，Falcon同學。」

幾乎就在他以平靜嗓音這麼宣告的同時——

Saffron Blossom的虛擬身體，在耶夢加得嘴邊化為無數的碎片飛散。黃橙色的光柱高高矗立，短暫地形成墓碑後消失。

一口咬死入侵者的地獄長蟲顯得十分滿足，揮舞著觸手慢慢爬回巢穴。漆黑的十字架也無聲無息地沉入地面濃濃的影子中。

之後就只剩下一團微弱的黃橙色光芒。按照無限制中立空間的規則，Blossom經過一小時的「幽靈狀態」後將在原地復活——本來應該是這樣，然而……

從Falcon被黑色薄板遮住而看不到的左側位置，傳出了小小的說話聲。

「慈悲復活術（Ressurect By Compassion）。」

這清澈透明到不像人類的嗓音，載著無數小小光點自空中流過，落到窪地底部。當這些光點碰到黃橙色的「餘燼」時，天空立刻灑下耀眼的白色光條，濃縮成虛擬角色的實體——本來應該有一個小時不會復活的Saffron Blossom。那嬌小的輪廓眼看就要順勢往地面一倒，但腳下出現的十字架再次固定住她，讓她直立於蟲的巢穴旁。

同樣的過程已經反覆進行了無數次。由於死在公敵手下時會失去的超頻點數固定是10點，而這陣子在連勝中得到的點數並沒有那麼容易耗盡，因此演變成了由殘酷的死亡與更殘酷的復活所構成的循環。

過去也曾有人闖進神獸級公敵的地盤深處卻逃不出來，因而多次戰死，就這麼喪失所有點數，BB玩家將這樣的現象稱之為「無限公敵致死」。然而對Falcon與Blossom設下圈套的黑色積層虛擬角色這幫人，則是透過黑色十字架與白色聖光刻意引起這個現象。死亡並非自然發生的結果，而是不斷主動處刑所造成。可謂「無限公敵殺法」。

……不要、再繼續了。

他甚至已經沒有力氣將懇求說出口，只能在銀色面罩下這麼祈求。

在無限制空間裡，受到損傷時所需承受的痛覺已經拉高到幾乎與現實世界相等。Blossom每次遭到耶夢加得殺死，應該都承受了無異於血肉之軀被咬碎的劇痛。即使現實中的身體毫髮無傷，刻在意識——靈魂之中的痛苦記憶卻不會消失。

不……

也許她真正在承受的痛楚，並不是來自怪物的牙齒，而是並排站在窪地周圍那數十名玩家投注過去的視線。這些曾是朋友的人以謊言誘出Blossom，將她推進這個圈套裡，袖手旁觀她一次又一次被可怕的蟲咬死。

他們的面罩上，有的不只是恐懼或退縮，還可以確切看出些許興奮的神色，相信其中也包括了小孩子那種「愈怕愈愛看」的成分。然而，背後卻藏了更為真實而且醜惡的情緒。這就跟在現實世界的學校裡，那種企圖排擠異質學生的集團所散發出來的氣息一模一樣。

不過，在此同時……

當下的Chrome Falcon，也跟那些躲在安全之處袖手旁觀排擠過程的學生一模一樣。

要是當初Falcon沒潛入「禁城」、要是沒帶出強化外裝「THE DESTINY」、要是他沒把鎧甲交給Blossom，就不會演變成這種情形。一切都是他招來的結果，但他自己卻毫髮無傷，只是看著心愛的人受苦。

那條蟲發現了被強制復活的Blossom，又從巢穴深處開始接近。轟隆作響的低沉震動搖撼了地面，但黃橙色虛擬角色已經無法動彈。她在漆黑的十字架上無力地垂著頭，等待已經不知道是第幾次的「死亡」來臨，又或者，她等的是這無數次死亡之後的結果，也就是喪失所有點數，失去記憶的「結束」來臨。

我……

我又犯下了同樣的過錯……

我明明曾經下定決心，再也不要假裝沒看見。再也不要把目光從受到傷害、受到排擠、即將失去一席之地的人身上移開，但現在我依然無能為力，只能眼睜睜看著重要的人……

「……我不要。」

他從即將磨耗殆盡的意識中，拚命擠出聲音：

「我受夠了，我絕對不要再次獨自留下。」

固定虛擬角色的兩片薄板極為強韌，上頭傳來的壓力彷彿與整個世界一樣沉重，絕對不容抗拒。Falcon已經充分體認到，憑自己的力氣，不管怎麼絞盡全力，終究連一公釐也推不動。但現在他還剩下唯一一種逃脫的可能性。

如果不去破壞漆黑薄板，而是破壞自己的金屬裝甲——

「唔……喔……喔、喔、喔喔喔……」

他順著這幾乎全身都要拆掉了似的喊聲，使出剩下的所有力氣，用雙手推向左右薄板。用力地推。

鉻銀色裝甲承受不住壓力，發出高亢的哀嚎。如果是以前，到這個階段他就會死心，但他無視於會擠碎自己的預感，繼續用力推擠。

「Falcon同學，不要這樣。」

積層虛擬角色說話的聲調，聽起來彷彿真的在為他擔心。

「我們沒打算連你一起排除。等到作戰結束，我們就會放了你。我看應該只要再一兩次就行了，可以請你乖乖等到那個時候嗎？」

「給我……閉嘴！」

他將聽了對方蠻橫說法而產生的抗拒也化為力量，用來推擠薄板。雙手的裝甲終於開始出現細小的裂痕，更有著火花般的疼痛。但這樣不夠，根本不夠。

「…………！」

當他在無聲咆哮中解放所有力量的那一瞬間……

雙手裝甲在一陣硬質金屬聲響中崩得粉碎，內部那深灰色的基本構造體也噴出鮮血般的損傷特效，令他無法呼吸的劇痛在神經中流竄——接著，在他ＨＰ計量表大幅度減少的同時，必殺技計量表也累積到兩成左右。

他以沙啞的聲音喊出：

「『閃身飛逝』！」

虛擬角色Chrome Falcon化為沒有實體的量子，終於逃脫了薄板的拘束。他以無異於瞬間移動的速度順勢前衝，在十五公尺外化為實體。

眼前有著被釘在十字架上的Saffron Blossom，以及正要咬碎她苗條身體的耶夢加得。

他以最後一絲力氣，將右腳上的利爪猛力朝巨大的長蟲甩去。成排的紅色眼睛中，有一顆被這一爪抓得灑出黏液碎裂。顯示在視野中的公敵第二段HP計量表所減少的量少得令人絕望，但或許是突如其來的攻擊嚇到了牠，長條蟲放開了Blossom，大動作甩著頭部。

公敵那震耳欲聾的憤怒咆哮下，一個微弱的嗓音無力地撼動空氣：

「『花瓣避難所（Petale Shelter）』。」

好幾片巨大的綠色花瓣從十字架底下竄出，裹住了他們兩人，形成一個圓圓的花苞。這是Saffron Blossom的5級必殺技，堅固的花瓣能抵擋任何來自外界的攻擊，對內部提供徹底的保護，有效時間——三十秒。

在這充滿淡綠色溫和光芒的球體中，Falcon伸出失去裝甲的雙手，抱住了從消失的十字架上掉下來的Blossom。

他順勢蹲下身，拚命注視摯愛搭檔的臉孔。這三十秒就是系統賦予他們兩人的最後一段時光。一旦花瓣消失，那十字架多半又會再度出現，固定住他們兩人。接著耶夢加得肯定會聽從本能驅使，一而再再而三地屠殺多出來的獵物。

Falcon當然不後悔主動闖進死地，但他不知道在這寶貴的時間裡該對搭檔說些什麼。所以他咬緊牙關壓抑嗚咽聲，拚命看著Blossom的面罩。為的是讓自己在她從加速世界消失之後，也絕對不會忘記她美麗的臉孔，以及她這對天藍色的眼睛。

「………對不起喔。」

微弱的聲音斷斷續續地響起。

「對不起喔，法爾。我……一直在依賴你的善良。我想在這個世界，找回在現實世界裡被搶走的未來……所以一直強迫你跟著我扮家家酒。一定是我太心急……才會換來這個結果。對不起喔……」

透明光點接連從Blossom的鏡頭眼滴落，融入空氣中消失無蹤。

——沒有這回事。才沒有這回事。

他很想這麼說，但一股熱流哽在喉頭，讓他發不出聲音，只能拚命搖頭。接著纖細的手指輕輕摸在他的頭盔上：

「可是……只有這件事你一定要相信我。我真的很喜歡你，從我們剛認識，我就一直喜歡你。因為我一眼就看出來了——你想保護脆弱的我。大家都只想著怎麼搶走別人的點數，但是你……只有你……」

Blossom沒有說下去，露出滿面微笑。

接著女孩的右手從Falcon臉頰上移開，握住他的右手，並將那隻手拉向自己被耶夢加得咬得慘不忍睹的胸口正中央。

「這是我最後的……請求。法爾，由你來……了結我。」

「……咦……」

看到Falcon好不容易發出這麼一聲，Blossom微笑著告訴他：

「我的點數只剩下7點了。與其就這麼被公敵殺死離開這個世界，還不如把這些送給你。這樣一來，就算我被強制移除BRAIN BURST，也一定可以記住你。即使記憶被消除，只有你，我永遠都會記得。」

此時，花瓣避難所的有效時間結束，綠色花苞從頂部慢慢張開。巨蟲憤怒的咆哮打破了原先充滿整個球體的寂靜。

「…………芙蘭。」

要將滿腔感情全部化為言語，剩下的時間實在不夠。

Falcon以左手用力抱緊遍體鱗傷的太陽色虛擬角色，投注所有感情，輕聲在她耳邊說：

「謝謝妳。」

謝謝妳。謝謝妳願意牽起我伸出的手，謝謝妳教了我這許許多多的事，謝謝妳拓展了我渺小的世界。

他將被握住的右手手指伸得筆直。與猛禽類一樣尖銳的手指，放上Saffron Blossom胸口正中央，也就是致命弱點之一的心臟正上方。

「……我愛妳。」

他說出這句從來不敢說出口的話，同時以右手往下銳利地一刺。

Falcon的手刀，就這麼深深貫穿了在耶夢加得的牙齒與消化液下失去作用的銀色裝甲——

「THE DESTINY」。

……再見，法爾，我最喜歡你了。

這句話化為一陣微風流過意識，隨即消失無蹤。

Saffron Blossom的虛擬角色並未像先前那樣化為成千上萬的碎片爆炸飛散，而是慢慢地分解。一股顏色彷彿春日陽光的溫暖光芒中，嬌小輪廓分解成無數的絲帶飛上空中。這些絲帶更進一步還原成微小的程式碼絲線，在空氣中溶得無影無蹤。

「最終消滅現象」。象徵失去所有點數的人就此徹底離開加速世界。

不知不覺間，懷裡已經空無一物。

這股失落感實在太深沉，彷彿消失的不是她而是自己。Chrome Falcon蹲了下去，緊接著耶夢加得的無數牙齒高聲啣住了他的背部。

他整個人順勢被高高舉起，金屬裝甲迸出橘色火花。虛擬角色全身幾乎都要被拆開，視野左上方的體力計量表迅速減少，同時更傳來令他頭昏眼花的劇痛。

但他沒有發出哀嚎。因為他叫不出來。Blossom嘗過這駭人痛楚的次數已多得近乎無限。他咬緊牙關，拚命忍耐。在模糊扭曲的視野遠方，看得到一群玩家站成一個圈子。

他們的眼中都有著驚訝——以及輕蔑的神色，臉上更不禁失笑，因為覺得他無謂捨棄生命實在蠢得可以。

要擺脫這個狀況，其實並非不可能。他只要使用在受傷時累積起來的必殺技計量表，再施展一次「閃身飛逝」就行了。

然而逃出險境……不，應該說繼續活下去，還有什麼意義嗎？

Saffron Blossom已經消失，自己又變成孤伶伶的了。就算能從這險境中逃出去，回去當獨行玩家，漫無目的對戰下去，又有什麼用呢？與其去做這種事，還不如乾脆就待在這裡，跟Saffron Blossom一樣讓這條蟲一次又一次地咬死自己，直到跟她一樣耗盡點數，被放逐出這個世界的那一刻來臨為止……

忽然間他發現了異狀。

在不斷損耗的ＨＰ計量表，以及不斷補充的必殺技計量表下方，有個小小的光點在閃爍。即使轉動脖子，光點也會跟著移動。這……是系統訊息。方形游標顯然是要通知他什麼。

當他將模糊視野聚焦於這一點上的瞬間，立刻無聲無息地跑出了一串文字。

【YOU ACQUIRED AN ENHANCED ARMAMENT〈THE DESTINY〉】。

他好一陣子都沒意會過來。

這是取得強化外裝的訊息，而且不是物品處於封印卡片狀態下取得時會用的「GOT」，而是表示所有權轉移的「ACQUIRED」。取得的物品是鎧甲，是理應已經隨著Saffron Blossom一起消失的「THE DESTINY」。

但這是為什麼？要轉讓強化外裝，應該只有兩個方法。不是賣到「商店」讓買方去買，就是得透過直連對戰來轉讓……

不對，他還聽過一個曖昧的傳聞。據說當擁有強化外裝的玩家從加速世界徹底消滅之際，外裝將有極低機率轉移到最後攻擊者的物品欄之中。

Falcon已經無從得知Blossom是否期望著會發生這樣的結果，才求Falcon出手了結她。

但Falcon覺得，這就是她要給自己的最後一句話。

要活下去，活著戰鬥下去。

他無意識中在銀色面罩下開了口，說出指示系統裝備強化外裝的預設語音指令。

「『THE DESTINY』……著裝。」

一股有如小型恆星般的強烈光芒，將世界染成了銀色。

銳利的金屬聲響中，厚實的追加裝甲逐步覆蓋虛擬角色的手腳與軀幹，鎧甲造型與先前由Saffron Blossom穿戴時截然不同。原本強化外裝就會隨著穿戴的虛擬角色體格而自動調整尺寸，但這件鎧甲的變化幅度早已超出調整的範疇。鎧甲失去了先前的優美與輕盈，成了有著銳利稜角的板金甲風格。

最後遮住頭部的裝甲，也不再是原來的圓冠，而成了露出臉部的頭盔。覆蓋住Falcon全身八成以上的厚重鎧甲，在「鏗！」的強烈衝擊聲響中，彈開了所有眼看就要咬碎他虛擬身體的尖牙。

位列神獸級的巨大公敵發出憤怒的吼叫，再次咬住Falcon，同時從牙齒縫隙間的腺體大量分泌出透明黏液滴在銀色裝甲上，企圖以腐蝕效果降低鎧甲強度。

但鏡面的銀色光輝只黯淡了那麼一瞬間，隨即像是剝掉薄膜般變成帶黑的鉻銀色，拒絕受到腐蝕。這種色彩與Falcon原本的裝甲完全一致。

「鉻」在金屬色相條上，幾乎正好位於貴金屬與卑金屬的中間點，對物理攻擊與特殊攻擊都只具備半弔子的抗性，但有著唯一的特徵——幾乎可以完全抵擋所有腐蝕類攻擊。

當前的現象只有一種解釋——這件照理說應該沒有自我意志的強化外裝吸收了裝備者的屬性，藉此對抗怪物的黏液。但這些邏輯面的推測對Falcon來講一點都不重要。

彷彿冥冥中有人引導般，只見他舉起雙手，分別握住一根在自己胸口上咬得迸出火花的巨大牙齒。

一團火焰從內心深處應聲竄起。

他來到加速世界總共十一個月，用主觀時間來算則長達五年以上，這段歲月裡，他幾乎從來沒有過這樣的情緒。對Saffron Blossom的思念與對她的死所感覺到的絕望組成模子，鎔鑄出一股情緒——憤怒。

「嗚……嗚啊啊……」

喉頭發出沙啞的聲音。

Chrome Falcon是個在現實世界中也不會生氣的小孩。他一直聽大人的話、看旁人臉色，壓抑自己活到今天。

所以，即使看到從幼稚園就很要好的朋友才剛進了同一間小學，隨即變成全班一起霸凌的目標，他也什麼都沒做，只是默默離開好友。他閉上眼睛，摀住耳朵，等別人去想辦法解決這個問題。但這個別人還沒出現，曾是他好友的少年已經先消失了。

至少在那個時候，自己應該生氣。對主導霸凌的小孩生氣、對什麼都沒發現的老師生氣、也對裝作沒看到的自己生氣。但他什麼都沒做，只將所有記憶與情緒壓成堅硬的小石頭，埋藏在內心深處。

「嗚……啊……啊啊啊啊……」

如今這顆石頭出現細小的裂縫，火紅岩漿就要從內部溢出。Falcon體會著這種感覺，同時不斷發出有著失真特效的嗓音。

他雙手十指唰一聲化為巨大鉤爪，尖銳的爪子在耶夢加得的牙齒上越陷越深。從手臂到肩膀的裝甲刀鋒也變得更尖銳，更有份量。

他現在知道傳訊假意要加入軍團的這三十人為什麼要設下圈套陷害他們倆了。原因並不是出在他們兩人擁有強得簡直像是作弊的強化外裝。

是因為他們覺得Saffron Blossom跟自己不一樣，因為她懷抱著理想，更具備了實現理想所需的堅強。

「可是……你們還不是……」

——你們還不是一樣？既然當上ＢＢ玩家，相信在現實世界中多多少少總是會受到排擠。大家應該都是受到集團的排擠，帶著精神創傷來到這個加速世界才對，但你們在這裡卻還要排擠別人？看到有人跟你們不一樣，就要圍起來對這個人丟石頭？

「芙蘭她……是想替這麼狹隘的你們……打造出……容身之地……」

隨著怒氣從肺腑壓榨出來，虛擬角色的雙手也開始帶有淡淡的光。

不，那不是可以照亮什麼東西的能量，是一種會奪去熱量，奪走光線的負面波動。是黑色的鬥氣。

照理說，對戰虛擬角色只有在消耗計量表發動必殺技的時候，身上才會出現這種持續性的特效，但是現在Falcon的必殺技計量表依然維持在幾乎全滿的狀態，就連一個像素的長度都沒有減少。

然而他也沒有意識到這種異狀，只是斷斷續續地說下去：

「為了讓你們……可以一直在這個世界玩下去……讓你們不用再為了害怕失去所有點數而提心吊膽……這真的、就是、芙蘭她……」

不知不覺間，耶夢加得那兩根被他以十根鉤爪挖出極深爪痕的牙齒，已經完全從Falcon身上分開。怪物劇烈地閃爍兩排眼睛，猛力扭動巨大身軀，但籠罩在暗色鬥氣之中的虛擬角色雙手卻一動也不動。

「就是芙蘭她……唯一的心願啊！」

這是一聲嘔血般的咆哮。

Falcon聽見內心深處那已經凝固的感情石塊碎成粉末的聲音。

憤怒。從他懂事以來，就一直將對一切事物的憤怒壓抑到今天。此刻，這股憤怒炸開，在虛擬角色體內肆虐，化為漆黑深邃的鬥氣散發到外界。

黑暗波動彷彿具備實際的物理壓力，撼動了巨蟲厚實的外皮，使其出現裂痕。公敵發出尖銳的咆哮聲，圓形嘴巴上端裂開一條大縫。

「啊……啊啊啊……啊啊啊啊啊——」

一陣帶有金屬失真特效的嘶吼中，Falcon雙手各握住一根牙齒，往外一分。

耶夢加得頭部發出異樣的聲音，硬生生被撕成左右兩半。牠的多數眼睛都從內側破裂，極深的撕裂傷口噴出大量體液。Falcon不予理會，繼續將雙手伸進裂縫，抓住內部柔軟的組織，一撕再撕。

當他雙腳著地時，地獄長蟲已有半截身體被撕成左右兩半。牠痛得打滾，想縮回巢穴，但Falcon用雙手鉤爪抓住這巨大身軀的右半邊，並以同樣有尖銳鉤爪的腳踩住左半邊加以固定——接著使盡全身力氣，將蟲一口氣撕裂到尾巴。

終於完全分成兩半的公敵，身體瞬間固定成不自然的形狀，接著化為千萬碎片飛散。

一樣細長的東西，從規模涵蓋整個窪地的爆炸特效中心化為實體，插在Falcon眼前。那是一把有著清澈水晶般白色刀身的長劍——打倒公敵得到的強化外裝。看到這把刀身內閃閃發出星光的劍，他毫不猶豫，伸手握住劍柄。

緊接著，長劍變成一張小小的卡片，隨即消失。視野上方顯示出一串小小的系統訊息。

【YOU GOT AN ENHANCED ARMAMENT〈STAR CASTER〉】。

他以咬牙切齒的聲音說：

「『STAR CASTER』著裝。」

造型莊嚴神聖的長劍再次出現在他的右手上，但黑暗鬥氣隨即連這把劍也吞沒掉，扭曲了劍的顏色與形狀。透明水晶轉為發出飢渴光芒的鉻銀色；直線劍柄彎得充滿煞氣；刀身的寬度與厚度加倍，刀刃上好幾處變成尖牙狀。

他雙手握住有了全新模樣的大劍，舉在身前。

泛黑的銀色刀身上，照出一個對戰虛擬角色的身影……那已經不是線條單純的瘦小身形上頂著一個圓形頭盔的Chrome Falcon。他整個人的輪廓變得凶惡到了極點，彷彿是個由破壞意志凝聚而成的物件。

唯一還看得到原來面貌的地方，就是從沒遮住臉部的頭盔前方露出的光滑面罩。但黑暗鬥氣凝聚在頭盔的額頭部分，形成了尺寸足以遮住整張臉的護目鏡。

他直覺領悟到，一旦這護目鏡放下，自己就再也無法恢復正常。

……要是我變了，相信芙蘭一定會傷心。

……可是，這個世界裡已經沒有她了。

從現在起，我要拋棄Chrome Falcon這個名字，讓它陪著Saffron Blossom埋葬在這裡。而她的理想、善良、關懷，我也全都要埋在這裡。

原因很簡單，因為拒絕這一切的，就是這群站在窪地周圍看呆了眼的玩家。他們選擇了鬥爭而非共存，選擇了廝殺而非攜手共創未來，他們想要的是憤怒與憎恨，而非相親相愛。既然如此……

我就成全你們。

他高高舉起手上的劍，任由體內爆炸性的憤怒驅使，再次發出怒吼：

「喔……喔喔喔喔喔……！」

從全身迸發而出的黑暗鬥氣，創造出漆黑雷電，接二連三在金屬材質的地面上打出大洞；腳下更竄出放射狀的裂痕，令大地不停震動。他以幾乎和地鳴聲共鳴的音量繼續嘶吼：

「喔喔喔……喔喔喔喔啊啊啊啊——！」

這股無限湧出的怒氣彷彿自身就成了一種媒介，讓Falcon感覺到自己可以對世界（系統）造成的干涉愈來愈大。而且有個現象證明了這並不是錯覺。顯示在視野左上方的系統色字形微微閃爍，〈THE DESTINY〉與〈STAR CASTER〉這兩行上下並排的文字逐漸開始變形崩解，最後融合在一起。

兩行字重疊後融合成一行，構成了新的詞彙。

〈THE DISASTER〉。

「咕……嚕，啊啊啊啊啊！」

這已經不是人的嘶吼，而是飢餓猛獸所發出的咆哮。

劇烈的聲音響起，額頭上的護目鏡自行放下。

視野蓋上了一層淡灰色的濾鏡，但解析度卻加倍清晰，讓他能清清楚楚看見這群圍成一圈的對戰虛擬角色臉上表情。上頭有著濃厚的困惑、震驚，以及不安。然而對Falcon來說，這些人有什麼感覺或想法，已經沒有任何意義，因為他們只是自己殺戮的對象。他在護目鏡下瞇起雙眼，尋找第一個該獵殺的個體。

當他將意識投向圈子時，站在那兒的幾個人之間的交頭接耳，就像經過高指向性的麥克風增幅一般，傳到了他的聽覺所在：

『……確定計量表完全恢復，必殺技計量表沒有消耗。八成錯不了，是透過想像迴路造成的「主視覺化引擎（Main Visualizer）」覆寫現象。』

說話的虛擬角色個子很小，頭上卻有四個發光鏡頭眼格外巨大。答話者則是先前以奇怪招式固定住Falcon與Blossom的黑色積層虛擬角色：

『看來情緒爆炸引發現象的速度果然遠比加深專注要快，只是能否控制就另當別論了。』

四眼虛擬角色點點頭道：

『說的也是。還有當玩家擁有的「心傷殼」強度超過一定水準，就會塑造成金屬色角色，這點幾乎已經可以確定了。只不過光憑我的「分析能力（Analyze）」，實在沒辦法肯定那種融合現象究竟是「七星外裝」特有的能力，還是純粹因為那小子屬於金屬色。』

『唔，如果可以，我是希望可以多花點時間分析……』

這時兩人背後傳來另一個說話聲：

『Vise，你制得住他嗎？』

這個聲音沒有任何雜質，簡直像由冰雪融成的水般飄散著一股清澈的甘甜，肯定就是先前一直讓Blossom強制復活的那個玩家。Falcon在護目鏡下凝神觀看，卻有種神祕的光芒擾亂，讓他看不清楚這人。

『我試試看。』

積層虛擬角色點了點他那只用薄板排成的頭，舉起有著同樣造型的左手。

構成他這隻手的幾片薄板依序滑入地面消失，緊接著那種十字架無聲無息地出現在Falcon正後方，要以奇怪的引力貼向他全身。

然而……

「咕……嚕啊！」

短短的低吼聲中，他以右手劍往背後一掃，產生玻璃破碎似的聲音與手感，輕而易舉地破壞了十字架，緊接著遠方的施術者左肩冒出顯示傷害的特效閃光。

『啊喲，這可厲害了，用普通招式實在壓不住。』

Falcon聚精會神，注視著說出這種話的積層虛擬角色。

雖然他們的談話中有著太多聽不懂的詞彙，但有件事非常明顯，這整個圈套都是他們策劃出來的。他們有所圖謀而叫出Saffron Blossom，以「無限公敵殺法」將她活活折磨到死。

那麼第一個該殺的就是他們。

Falcon雙手握住大劍，以沉重的動作高高舉起，完全無視窪地外不知所措的數十名玩家，朝著漆黑的積層虛擬角色踏出一步，同時無聲地唸出招式名稱。

——閃身飛逝！

在超速瞬間移動同時砍下的刀刃，卸下了漆黑虛擬角色僅剩的右手。然而這個沒有臉孔的對手卻未動搖，退開一步後，讓轉眼間接連失去雙手的整個身體分解開來。

他的身體轉變為兩片巨大的板塊，從左右夾住站在身旁的四眼虛擬角色與那名背後有光芒籠罩住全身的人物。也不知道是怎麼運作的，只見兩片薄板合上，變成薄薄的一片。

眼看漆黑大型板塊就要溜進地面的影子裡，於是Falcon舉劍橫掃過去，但只斜斜切開了上端一部分，薄板在影子上留下小小的波紋，隨即完全沉了進去，神祕三人組就這麼從戰場上消失無蹤。

「咕……嚕嚕……」

眼睜睜看著敵人跑掉，讓他發出憤怒的低吼。接著就在幾秒鐘後——

右肩發出鏗一聲刺耳的金屬聲響，傳來一陣輕輕的衝擊。

他以緩慢的動作轉過身去，發現站在自己背後的，是一個中型藍色系對戰虛擬角色。他以雙手握著一種像是木刀與長刀混血兒的大型近戰武器。是個熟面孔，還可以說交情不錯。那人是為數不多的「第一世代」玩家，這招長柄直擊甚至曾擊碎過Chrome Falcon的裝甲。

但現在Falcon朝右肩瞥了一眼，上頭別說是裂痕，甚至看不到半點凹陷。

對手一臉難以置信的表情，Falcon更不試圖回想對方的名字，隨手就以籠罩著一層黑暗鬥氣的大劍往下一劈。

咚的一聲悶響撼動了冰冷的空氣，藍色虛擬角色所拿的武器從中分成上下兩截，接著自己的上半身也慢慢滑開，滾落在地。傾斜的下半身在途中停住，與上半身同時爆開，只剩下與裝甲同色的小光點殘留當場。

在場三十幾人之中，等級顯然最高的玩家被一刀斬殺，這幅光景頓時讓剩下的人大為動搖。「這是什麼情形？」、「跟之前講的不一樣」接二連三有人發出這種顫抖的說話聲，音量也愈來愈大。

「不妙……快、快跑啊！」

有人這麼一喊，眾人登時像潰堤的河水，開始往同一個方向奔跑。他們多半是想從數十公尺外的芝浦停車場內設有的登出點逃到現實世界，然而……

閃身飛逝。

心中這麼唸誦的同時，黑銀色的鎧甲身影立刻消失，並且出現在逃跑者身前。又是一刀，三顆頭同時落地。

「嗚……哇……哇啊啊啊啊！」

哀嚎。吼叫。有人還想逃，有人想找附近的大樓躲起來，更有人嘗試反擊，但黑暗刀刃毫無例外地劈向他們，一刀就砍掉整條計量表。

驅使Falcon行動的已經不只是憤怒，而是超越了怨恨與復仇心的壯烈決心——或許該說是一種詛咒。

他的決心，就是要破壞這個世界。

要是幾年後通曉BRAIN BURST隱藏運作邏輯的超頻連線者看見這時的Chrome Falcon，多半會下這樣的判斷——那黑色的過剩光（Overray）不但體現出了純粹的負面心念，更是透過絕對的否定意志粉碎一切的心念系統黑暗面本身。

當短短幾十秒的殺戮結束後，窪地周圍有著無數的餘燼無聲無息地搖曳。

黑銀色破壞者將吸飽了血的大劍往地面一插，在原地靜止不動。

為的是等這些人在一個小時後復活。

這一天，有多達三十名以上的玩家一口氣從加速世界徹底消失。

唯一一個僥倖從傳送門生還的人，在恐怖之餘說出了駭人聽聞的事情經過——所有同伴都被穿上凶惡鎧甲的「Chrome Falcon」給殺了。起初，人們對他的說法還半信半疑。

但等到想查證這個傳聞而去找Falcon進行正規對戰的人，全都在他大劍一揮之下敗北後，從此再也沒有人可以否認這個事實。

他們無法否認，過了將近一年成長至今的加速世界裡，誕生了一種可怕的災禍。

不知不覺間，再也沒有玩家用本來的虛擬角色名來稱呼這個破壞者，他們用強化外裝的名稱取代了這個名字的下半部，稱之為——

「Chrome Disaster」。

場景轉暗。

聚光燈打下。

白色光輪照出了一名身穿黑色金屬鎧甲、手持凶惡大劍的騎士。

他蹲下的身軀遍體鱗傷，到處都是裂痕，劍刃也有著嚴重的缺損。

為了把他逼到這一步，一群加速世界最強的玩家對他挑戰了無數次，有時甚至開啟亂戰模式，用以多欺少的方式進行消耗戰。

但這名破壞者從未拒絕任何一場對戰，甚至還解除了「每人一天一次」的挑戰限制，接受任何條件的戰鬥。正常情形下，即使是正規對戰，只要連續打個十場，就會因為精神上的疲勞而變得遲鈍，但他一天打的場次卻遠超過一百場，連靈魂都磨耗殆盡。

不知不覺間，劍上的黑暗鬥氣變得薄弱，鎧甲也失去了光澤，但破壞者仍然不停地戰鬥。勝率開始低落，點數也慢慢減少，最後他終於在無限制中立空間裡最大也是最後的一場戰鬥之中，被逼到失去所有點數的邊緣。

多名對戰虛擬角色從蹲下身子的騎士四周慢慢靠近。

在場每一個都是當今號稱最強的高手，甚至包括了數名率領大型軍團的「純色玩家」。

瀕臨死亡的破壞者拄著劍搖搖晃晃地站起。

造型凶惡的護目鏡有了缺損，微微露出頭盔內光滑的頭盔曲線。

這個面罩抬頭望向加速世界的天空。

我——過去名字叫做Chrome Falcon的ＢＢ玩家，今天就要從這裡消失了。

如果會消除記憶或是進行思考操作處置的謠言是真的，那麼我將忘記加速世界的一切——會連心愛的Saffron Blossom也忘得一乾二淨，變回那個不懂得任何艱澀字彙的平凡小學二年級生。

可是，我要把我的憤怒、我的悲哀、還有我的絕望留下去。

我跟Blossom都沒打算追求權力，我們絲毫沒有想利用「鎧甲」之力掌握加速世界霸權的念頭。我們就只是想跟大家一起在這個世界裡永永遠遠地待下去，這樣就夠了。

如果會在這像鏡子一樣光滑的「鎧甲」上看到支配、破壞與掠奪的慾望，那也只是反映出看的人自己的慾望。

想要力量的是他們，是那群用殘酷手段一次又一次不斷殺死Saffron Blossom的人。

那我就成全他們。

把我的力量、把Blossom的痛苦、把這件「鎧甲」——「THE DISASTER」留給他們。今後只要有人因為渴望力量而穿上這件鎧甲，就會開始攻擊、破壞、吞噬所有超頻連線者。他會透過吃人來搶奪力量，無限地變強下去，直到只剩最後一人為止，直到孤身一人留在加速世界一望無際的荒野——這樣的末日來臨為止。

因為這就是你們要的東西所蘊含的本質。

我要詛咒這個世界、玷汙這個世界。即使我現在暫時消失，我的憤怒與憎恨——

也會一次又一次地甦醒。

場景轉暗。

2

纖細手指摸著自己臉頰的感覺，讓有田春雪微微睜開雙眼。

模糊的視野慢慢聚焦。眼前有隻純白裝甲的小手。順著看上去，又看到小袖和服造型的同色手臂、可愛的面罩、以及圓滾滾的緋色鏡頭眼。

前黑暗星雲「四大元素（Elements）」之一，具備淨化能力的7級超頻連線者「Ardor Maiden」以跪姿伸出手，讓春雪隔著白銀的頭盔看她看得出了神。

Maiden纖指上有著滴透明的水閃閃發光。見她放心不下的表情，春雪先歪了歪頭，這才恍然大悟地發現水滴是從自己臉頰流下來的。

「咦……啊……」

春雪發出沙啞的驚呼，並以右手擦了擦臉頰，把先前半開的頭盔面罩完全關上。對戰虛擬角色「Silver Crow」在半罩式透明面罩的銀色頭盔下低著頭，口齒不清地辯解：

「那個，對不起，我沒事的……只是一睡著，就覺得好像……做了個很長很長的夢……」

說到這裡，他皺起眉頭。

他——作了個夢。

這段好長好長的夢裡，春雪並不是Silver Crow，而是一個非常相似但顏色略有不同的金屬角色。但他只記得這些，至於自己在夢中去了哪裡、做了什麼、最後又有什麼下場，這些彷彿全都被一層蠶絲般又白又軟的布幕給遮住了，就是想不起來。

然而他的內心深處，卻又留下一種彷彿開了個大洞的感覺。這份空虛中，有著尖銳刺痛的感覺……是失落感……？

……我最喜歡你了……

陌生的嗓音從耳邊流過，讓春雪又差點熱淚盈眶，只能猛力眨眼才勉強忍住。他用力搖搖頭，順便深吸一口冰冷的空氣好甩開這奇妙的哀戚，接著仔細查看周圍。

不知不覺周圍已暗了下來，上頭遍布現實東京裡求之亦難見的如鈴群星。至於為什麼能看見天空……那是因為此處並非建築物內，而是個相當於中庭的空間。

春雪伸直了雙腳坐著，背靠在一根直徑大概有一公尺粗的圓柱上，右手邊是一堵高得似乎能碰到天空的牆壁。

這與他昏睡前見到的地形沒有任何差別，但春雪最後看了自己兩腿之間的地面一眼，發現原本厚重的冰層化成了雪白鵝卵石，讓人有些納悶。他趕忙回頭一看，身後的柱子也不再是淡藍色冰柱，而是根漆成紅色的木柱。

「咦……我睡著的時候發生過『變遷』嗎？」

他小聲對眼前的Ardor Maiden這麼一問，這位紅白雙色的巫女型虛擬角色便點點頭，並以稚氣中不失堅毅的嗓音，同樣輕聲地回答：

「看來是這樣。不過我也在鴉鴉旁邊睡著了，所以沒發現呢。」

所謂「變遷」，指的是這個世界——由BRAIN BURST程式創造的「無限制中立空間」——場地屬性會定期切換的現象。Silver Crow與Ardor Maiden開始在這裡小睡片刻時，屬性還是凍結了萬物的「冰雪」，現在則看不到半點雪花或冰層的痕跡。

彷彿季節遞嬗一般，樹上有著鮮豔的紅葉，柱子換成木製，牆壁也上了白漆。這個讓人想用「純和風」來形容的屬性是……

「是『平安京』場地。」

說話的同時，Ardor Maiden也攤開了紅色的裝甲護裙以跪坐姿勢坐好，這模樣與周圍光景實在太搭調，看上去簡直像是一幅畫。不禁看得出神的春雪，發現自己的視線讓嬌小巫女有點不好意思地低下頭去，這才趕忙別開目光。

這個惹人憐愛卻又剛烈如火的對戰虛擬角色操縱者，是名比現在就讀中學二年級的春雪低了四個學年的少女——四埜宮謠。她是梅鄉國中姊妹女校．松乃木學園小學部四年級的學生，換言之她是個如假包換的千金小姐，多半不曾被年紀比她大的男生這樣盯著看。想到這裡，春雪隨即將從她身上移開的視線再度轉往四周。

無數紅色柱子南北向排列著，一條鋪著石子的大路往城內延伸。無數橘紅火堆光影搖曳，北方則可以看見一座展現出雄偉輪廓的巨大宮殿。

此處與和風的「平安京」屬性可說相襯到了極點。

因為這裡相當於現實世界位於千代田區千代田一號地的皇居，也就是加速世界的中心——固若金湯的「禁城」。

春雪與所屬軍團「黑暗星雲」的成員，在今天——二〇四七年六月十八日下午七點二十分過後，出了一個湊齊現階段陣容後無疑屬於最大規模的任務。

作戰目標是救出Ardor Maiden，而她則被封印在把守禁城南門的超級公敵「四神朱雀」的祭壇上。任務自然困難到了極點，但步驟卻極為單純。

由首領黑雪公主／Black Lotus，在擁有變相治癒能力的千百合／Lime Bell支援下，對朱雀進行遠距離攻擊，吸引對方將目標鎖定在自己身上。當朱雀朝著從南門延伸出來的大橋前進時，春雪／Silver Crow則以楓子／Sky Raker作為推進器，全速飛過朱雀頭上，並靠著拓武／Cyan Pile傳訊讓謠／Ardor Maiden算準時間出現，春雪則在她現身同時出手救走她，於上空一百八十度轉向脫離大橋……

整個作戰眼看就要成功了。

但在最後關頭，卻發生了一個遠超出他們預測的現象。春雪從頭到尾都沒有出手攻擊，朱雀卻將攻擊目標從Black Lotus轉到Silver Crow身上，向他背後吐出威力超強的火焰。

當時春雪才剛從地上抱起了Ardor Maiden，高熱火焰又已燒到身後，無法在空中轉向，只好繼續往前衝刺。正當他做好覺悟，準備撞死在這座據說必須打倒朱雀才會開啟的禁城南門上頭時……卻不知基於什麼樣的理由，門在那一瞬間開出了小小的縫隙。春雪與謠沒有選擇的餘地，朝裡頭衝了進去。

『請問一下……我們，還活著嗎？』

聽到謠作答時所留下的震撼，至今仍在春雪腦海中留下劇烈的餘波。

『……我們還活著。可是……啊，可是……』

『……這裡是……這個地方，是「禁城」裡面。』

「……到現在我還不敢相信，我們竟然就在那麼難闖的『禁城』裡面……」

仍然靠在圓柱上的春雪這麼一說，在他身前跪坐的謠也點了點頭。

「能進來就已經很驚人了，但更驚人的是我們在裡面存活了六小時以上。」

「咦……我、我睡了那麼久？那這裡光線會這麼暗，不是因為場地屬性，而是因為已經晚

上了……？」

春雪趕忙問道。在無限制中立空間裡，只要叫出系統視窗，就可以看出累計潛行時間，但想求得精確的內部時間，也就是「這個世界現在是幾點幾分幾秒」，方法則是寥寥無幾。據說這個世界裡，有個大鐘記錄了這個世界誕生以來累計的所有時間，但他還真不太敢去看這個時鐘。因為，鐘上刻畫的歲月應該超過了七年的一千倍，也就是七千年。

謠點點頭，小手朝頭上的夜空一指：

「因為在『平安京』看得見星星。從星座的角度來看，我想已經接近午夜了。」

「是、是喔……原來如此……」

春雪回答之餘，抬頭望向滿天星斗。

大約六個小時前——當然這是以加速過後的時間計算——兩人在鄰接禁城南門的中庭一角落地，維持抱在一起的姿勢對彼此的震撼與感慨細細咀嚼了一番；但他們不能一直坐在這裡不動。原因很簡單，從南門筆直往北延伸的大路、盤據在更遠方的禁城本宮，以及在大路上各處緩緩移動的人形公敵集團，全都映入了眼簾。

這些公敵身高約有三公尺，跟「四神」相比小得多，但他們身穿戰國武士般的厚重鎧甲、還佩著長而寬的太刀；這副英姿所散發出來的魄力，已經足以讓春雪全身發抖。而且這些公敵都是以每組最少三人的編隊四處走動。

南門左右沿著城牆延伸的屋外回廊上，也看得到武士型公敵的身影，再加上那踩得讓鎧甲喀唧作響的腳步逐漸逼近，使得他們必須立刻開始行動。只是雖說要行動，想硬碰硬也未免太過魯莽。春雪的HP計量表在朱雀的火焰燒灼下已經扣了快一半，而謠也非毫髮無傷。

因此，他們倆避開大路與回廊，躲進迷宮狀的庭園區，在一根圓柱後面找到了看起來還算安全的休息場所。此時正好太陽下山，儘管掛念著留在城門外的黑雪公主等人不知道會多擔心，但或許是因為精神太勞累，春雪就這麼坐在柱子邊睡著了——直到現在。

他們躲進這個安全地帶時，夕陽已經將「冰雪」屬性下多雲的天空染成紫色；如今連紫色也已完全褪去，漆黑蒼穹中只見繁星閃閃發光。

謠說得沒錯，看來這些星星完美地重現了以前在完全潛行課程中學到的星座排列。春雪背靠在柱子上，抬頭朝東方的天空看去，結果目光在一顆格外明亮的純白星星上停住。記得那是……

「那是天琴座的……織女星？」

聽到他自言自語似的這麼說，跪坐著仰望天空的謠點點頭說：

「答得好，又叫做織女一。」

本以為學校課業只是在浪費時間，卻沒想過從中學到的知識會在這種地方派上用場；這讓春雪不由得高興起來，繼續指著星空說：

「也就是說，這顆星星的右下方會有天鷹座的河……河鼓二……左下則會有天鵝座的天津四。呃……牛郎星是哪一顆啊……？」

謠聽了嘻嘻一笑，舉起巫女裝袖狀造型的手說：

「就是河鼓二。這三顆星合稱『夏季大三角』，只是現在才六月，所以位置低了點。」

「這樣啊。這麼說來，加速世界的星空是以現實世界的季節為準了……」

春雪一時之間忘了自己置身於死地，滿心都是不可思議的感慨，只顧專心凝視天空。

從公共攝影機網路拍到的畫面來重現真實世界地形，這機制或許有增加遊戲戰術戰略成分的意義，但夜空再怎麼想都只是背景，就算只貼上隨機生成光點而成的靜畫，也不會有玩家抱怨才是。

然而系統既然特意將星星配置在與現實世界相同的位置，還連季節轉換造成的星座變遷也都重現出來，那麼照理說應該有某種意圖。想來應該是……要強調這不是普通的遊戲，不是普通的虛擬世界……

「最早期的一群超頻連線者……以前似乎叫做『BB玩家』，他們也是……」

謠忽然將雙手放回膝上，平靜地開始述說：

「加速世界的夜空與現實世界中一模一樣……不，現實世界的東京因為人工光源太亮，根本不可能看得這麼清楚……當他們看見這些美麗的星星閃閃發光時，也有過一樣的感受。幾個主要的軍團都取能聯想到宇宙的名字，原因就在這裡。」

「咦……跟宇宙有關的名字有那麼多……？」

看到春雪歪著頭思索，年幼巫女在她惹人憐愛的面罩上露出些微苦笑。

「七王的軍團全都是這樣喔。像我們黑暗星雲『Nega Nebulas』就是這麼來的……當然了，嚴格說起來英文似乎應該寫成Dark Nebulas，不過總而言之，由來便是如此。然後紅色軍團日珥『Prominence』是太陽表層噴起的火焰，藍色軍團獅子座流星雨『Leonids』也不例外。」

「是……是喔……原來是這樣啊……」

——這些事，想必小百跟阿拓打從開始就發現了，還覺得根本不用提起吧？幸好這次在他們問說「原來你不知道喔？」以前就有人告訴我了。

春雪悄悄在內心鬆了口氣，繼續問道：

「那也就是說，白色軍團的……呃，『Oscillatory Universe』，並不是代表軍團長姓白鳥（註：Oscillatory的日文發音與「御白鳥」相同），而是同樣跟宇宙有關的名字？」

他這麼一問，謠微微露出包含了少許傻眼成分的笑容，但隨即鄭重地垂下視線，以有點緊繃的聲音說道：

「是的。『Oscillatory Universe』的意思是震盪宇宙，可是我在學校還沒學過這個，所以不清楚正確的意思是只什麼。」

「震盪……宇宙……」

——宇宙應該沒有在晃動或震動吧？

春雪忽左忽右地歪頭思索，但他不過是中學二年級，同樣不曾在自然科的課程中聽過這個詞；真要說起來，這個詞恐怕也不是義務教育會教到的。春雪心想，如果記得住，晚點就要去搜尋一下，同時再度抬頭望向滿天繁星。

約位於夏季大三角上方，相當於天頂附近的位置，有幾顆光線稍弱的恆星聚集在一起。記得那是武仙座，左邊則是被武仙海克力士打倒的百頭巨龍拉頓升天變成的龍座。

在更左邊，則有幾顆亮度直逼大三角的星星排列在一起。

那是大熊星座，尤其熊尾巴的部分更是十分明亮。課堂上教過，就是因為這樣，古代中國才會只把尾巴部分當成單獨的星座看待。

有著長柄的斗杓形。

北斗七星。

——忽然間，春雪的心臟似乎猛然一跳，腦海深處更斷斷續續迸出小小的火花。他的目光不由自主移向形成斗柄的三顆星星正中央，似乎只有這顆他連名字都不知道的星星，會以跟腦中火花同步的頻率眨眼。

頻頻脈動的刺痛從腦中央慢慢沿著中樞神經下降，流過脖子、通過肩膀、抵達背部的正中央，也就是左右兩邊的肩胛骨之間，猛然刺痛。痛楚一而再、再而三地傳來，記得這種既像是自己的身體在痛，又像被人埋進了異物的感覺是……

「……鴉，鴉鴉。」

直到發現有人輕輕搖動自己的右手，春雪這才驚覺地抬起頭來。

Ardor Maiden朱紅色的鏡頭眼湊到他面前，露出掛心的神色。春雪趕忙搖搖頭，口齒不清地回答：

「抱……抱歉，我發呆了一下……」

「……是嗎？那……一定是我看錯了。對不起，我剛剛以為你的身體……瞬間籠罩著一層像影子的東西……」

「……」

這句話他覺得似曾相識，而且就在不久以前。一週前的「赫密斯之索縱貫賽」途中，當飛梭跑在亞空間時……Sky Raker就曾指出同樣的現象……

「……是、是妳多心了啦，我什麼都沒做啊。」

春雪說出與當時幾乎一模一樣的句子，更下意識地為了甩開這股隱約的不安而繼續說：

「先、先別提這個……我們差不多該想想接下來要怎麼辦了，總不能一直躲在這個安全地區不動吧？」

「——嗯，這……倒是沒錯。」

謠也為了拋開懸念而重重點頭，開始環顧四周。

兩人躲在禁城南門內側廣場東北五十公尺左右的地方。西邊不遠處有成排紅色圓柱，再過去就是一條鋪著石子的南北向大路，往東則有著日式庭園風格的複雜迷宮，南邊則是沿著圓形城牆而建的回廊。

寬廣的大路與回廊上，都有許多駭人的武士型公敵按照固定路線巡邏，要避著他們移動非常困難。東方的庭園也不時可以聽見頗大的拍水聲，以及極沉重的物體爬動聲響，怎麼想都不覺得有辦法深入其中。

看上去唯一勉強走得通的路線，就是穿過成排圓柱與庭園迷宮之間的狹窄空間，拿柱子當掩護往北行進，但北方有的卻不是出口，而是禁城本體所在的宮殿。如果按照令人聯想到巨大神社的「平安京」場地來判斷，那裡似乎應該稱之為本殿，相信裡頭肯定有著比武士型公敵更強悍的怪物恣意橫行。當前的目的並非攻略禁城，而是跟謠——Ardor Maiden一起從傳送門生還，所以貿然靠近本殿，反而導致「無限ＥＫ」狀態越陷越深的情形，無論如何都得避免。

「……我想……」

謠將目光從周圍拉回到春雪身上，維持跪坐姿勢，邊思索邊開口道：

「Lotus跟Raker他們，一定已經從警視廳的傳送門回到現實世界了。凡是在無限制中立空間裡於戰鬥中和同伴失散時，都不該冒著危險繼續逗留，有辦法脫身的人就該先脫離。」

「嗯……這倒是沒錯。」

看到春雪點頭，年幼的少女以稚氣卻清晰的聲調說下去：

「在這種情形下，如果有事先設定『緊急斷線』的方法，先脫身的人就會發動這道保險，讓大家回到現實世界重新弄清楚狀況。所以，只要我們繼續待在這裡，不久後就會斷線，至少可以先回到有田學長的家裡……照理說是這樣……」

所謂「緊急斷線」的保險措施，就是將神經連結裝置連上全球網路時，特意不採用最常用的無線方式，而改以有線方式透過家用伺服器或行動路由器等器材連線。因為只要多了這道手續，即使在無限制中立空間裡沒能抵達傳送門，仍然能靠先脫身的同伴去操作當成跳板的器材強制切斷連線，至少可以先登出再說。

現在春雪與謠，加上黑雪公主、楓子、拓武與千百合這六個人，都在春雪家的客廳集合，以串連方式接起神經連結裝置；因此，只要黑雪公主等人從離禁城南大橋很近的警視廳傳送門回去，拔掉連接春雪的神經連結裝置與有田家家用伺服器的ＸＳＢ傳輸線，下一瞬間春雪與謠就會自動登出超頻連線。

但謠卻還在思索。她繼續說道：

「……可是，這次的狀況很特殊，Lotus他們多半也在猶豫。畢竟我跟鴉鴉靠著萬中無一的

奇蹟，鑽過了朱雀的把守。相信以後再也沒有機會像這樣偵察『禁城』內部了。」

「再也沒有機會……嗎？只要用同樣的計策往城門衝，搞不好就可以再一次……」

春雪當然不想再一次，純粹只是談論可能性，但謠舉起左手，越過春雪肩膀指向西南方：

「鴉鴉，請你看那邊，看南門的內側。」

「嗯、嗯。」

他轉過身去，從背後的圓柱後方悄悄探出頭，望向在五十公尺外聳立的巨大城門。

由左右兩扇巨大門板構成的城門，以莫大的質量與密度，在禁城內外之間形成了一道絕對不容逾越的界線。春雪直到現在還是無法相信，這扇門在六個小時前會開出那道只有幾十公分的空隙，讓他們鑽進來。

謠指的正是城門正中央。春雪凝神觀看這個勉強能靠地上火堆照亮的位置，發現上頭確實有個很大的物體。

一塊邊長大概有三公尺，看起來像是浮雕的正方形金屬牌，將左右兩扇城門門板連接在一起。金屬板表面上施加了細小的雕刻紋路，但整個物件厚重得怎麼看都不像是裝飾用。

「……啊……」

春雪凝神看了一會兒，忽然看到浮雕的圖案清楚地浮現出來。

那是一隻翅膀往左右伸展的巨鳥，有著長長的脖子，還張大了銳利的喙。那正是如假包換的「四神朱雀」。

「是門的……封印……？」

春雪下意識說出這句話後，感覺到謠點了點頭：

「我也這麼覺得……我想鴉鴉可能沒發現……其實那個封印早在我們從城門闖進來之前，就已經先被人破壞了。」

「咦……咦咦！」

春雪不由得驚呼出聲，接著趕忙按住嘴。他放低音量，傻傻地反問：

「破、破壞……？不是本來就能左右分開……而是壞掉了？」

「我看起來是這樣。那開口並非自板子中央縱向筆直斷開，而是彷彿有人用巨大的劍砍了兩劍一般，呈現斜斜的十字形。」

Ardor Maiden為了重現看到的情形，右手五指併攏伸直，在空中畫了個叉。接著放下手，用更低的音量說下去：

「可是，當我們衝了進來，城門關上的幾秒鐘後，封印就完全復活成現在看到的那樣——在這個世界裡，所謂鑰匙或封印，全都是用來比喻系統面的封鎖。要是那個封印還在，我想大門是一定要打倒『朱雀』才會開的。也就是說……有東西或是有人從內側用劍幫我們劈開了那個封印，城門才會只在我們接近的那一瞬間打開……我是這麼認為……」

「可……可是，等一下，這……也就是說……」

春雪凝視著遠方反射出火堆光亮的金屬浮雕，一張嘴在銀色面罩下開開闔闔好幾次。他先整理了思緒一會兒，好不容易才將想法化為言語：

「這也就是說，有超頻連線者比我們先進了『禁城』……而且還為了方便後到的人進來，特地先破壞了封印，是這樣嗎……？」

「……是，我是這麼認為。」

「可……可是，可是啊，四神朱雀不是還活得好好的嗎？那這個超頻連線者到底是怎麼進入禁城的？如果說小梅妳的推測沒錯，代表那個封印在每次城門開關時都會自動修復，加上封印也不可能從加速世界誕生以來就一直是壞的……這個人除了打倒朱雀以外，應該沒有別的方法可以破門而入……吧……」

謠的雙手再度放回膝上，輕輕搖了搖頭。

「這點我也想不通……要得到更進一步的情報，恐怕……得踏入禁城本殿了……」

她這句話說到後來，音量已經縮小到與耳語無異。春雪聽了後望向北方，也就是那以黑色輪廓遮掉一大塊星空的本殿。

——她說要進到那裡，進到加速世界核心中的核心去……？

辦不到。這麼重大的任務自己絕對辦不到。而且最重要的問題在於，本殿正面入口一定會有比那些可怕的鎧甲武士更可怕的公敵把守，這種關卡究竟要怎麼突破……？

就在春雪用力縮起肩膀，將消極念頭轉到這裡的瞬間……

他覺得看到自己腦海深處的一面螢幕上，淡淡地照出了一幅不可思議的光景。

自己的虛擬角色明明坐在小鵝卵石鋪成的路面上，另一個自己卻起身朝北方行進。「他」躲在圓柱後，避過大路上巡邏的武士型公敵視線，同時以慎重但穩健的步調朝本殿接近。目標不是戒備森嚴的正面入口，而是從入口往東幾十公尺處某道白牆上所裝設的窗戶……

「……就算不管封印的事，我想無論如何我們還是得移動。」

謠的聲音鑽進耳裡，打斷了春雪奇妙的幻覺。他驚覺地睜開眼，反覆眨了好幾次眼睛。而謠也沒發現春雪的異狀，自己也注視著遠方的本殿，輕聲說下去：

「只要繼續等下去，相信Lotus他們遲早會讓我跟鴉鴉強制離線。可是，即使我們能暫時回到現實世界，下次再次用出『無限超頻』指令時，一樣會出現在禁城內苑。這樣一來，狀況跟『無限ＥＫ』也沒多少差別……」

「啊……嗯、嗯，說得也是……」

春雪好不容易重整思緒，應了這麼一聲。

「除非我跟四埜……不，跟小梅找出傳送門正常回去，否則這次的任務就不算結束。要找到傳送門，除了再次打開那扇城門出去，躲過朱雀攻擊抵達大橋對面的警視廳之外……唯一的方法，就是在這座禁城之中找到新的傳送門……」

「沒錯，就是……這麼回事。」

Ardor Maiden深深點頭，春雪盯著她朱紅色的雙眼看了好一會兒，再深呼吸一大口氣，慢慢開口說：

「小梅，我提這件事沒有任何根據，也沒有把握……可是，我想朝禁城本殿走走看。我也不知道為什麼……但我就是認為去得了。」

他凝視著微微歪頭思索的年幼巫女，無意識中將盤腿坐在石子路上的虛擬身體轉為跪坐的姿勢，並緊緊握住膝蓋上的雙手，挺直腰桿說下去：

「當然，要是被那些武士或者更厲害的公敵給殺了，就會陷入『禁城內的無限ＥＫ』這種糟糕透頂的狀況；這點我很清楚，也知道不該只憑這種不切實際的預感就去冒險。可是，就算這樣我還是想去……我總覺得……非去不可……」

對春雪而言，這番話算是說得相當努力，但說到最後卻變回了一貫的含糊聲調。正當他喪氣地覺得這怎麼可能說服等級比自己足足高了兩級的老資歷超頻連線者時……

「我明白了。」

謠點了點頭，春雪反而驚訝地「咦？」了一聲。巫女嘻嘻一笑，接著靈活地維持跪坐姿移動，讓兩邊膝蓋緊緊貼在一起，再從這個位置伸出右手，輕輕放到春雪握緊的拳頭上說：

「鴉鴉，你當時已經被朱雀的火焰追著跑，卻連Lotus下令撤退都不理，跑來搭救出現在祭壇上的我。那一瞬間我就知道了，你可以相信……而且我應該相信你。不……也許早從我們初次見面……看到你獨自拚命清掃飼育用小木屋的時候，我就已經知道這一點了……」

「哪……哪裡，我……我根本沒有、那麼……」

春雪的聲調顯得更加含糊，深深低下頭去。

「我做事向來不用大腦……老是失敗……就連打掃時，都會把水潑到小梅妳身上……」

謠似乎想起了當時的情形，忍不住嘻嘻一笑，更加用力握住春雪的手。

「鴉鴉，我應該說過，即使打輸、跌倒、失敗，也不死心地繼續往前邁進，這才是真正的堅強。我相信，即使在朝本殿內部前進的路上被公敵殺了，你也一定會想出新的辦法。」

這番話聽起來既溫柔又嚴厲。春雪抬起頭，牢牢回望謠那對在極近距離閃閃發光看著他的眼睛，重重點頭說：

「……嗯。我一定會想辦法。我們要活著回去……回到在現實世界等待的大家身邊。」

3

從「禁城」南門——「朱雀門」延伸到本殿正面入口的石子路，長度約有三百公尺。道路兩旁有著成排的紅色圓柱，大約每八公尺左右一根。

圓柱直徑粗達兩公尺，所以每根柱子間隔六公尺。在大路上巡邏的多名武士型公敵，似乎並未發現有入侵者躲在柱子後面；然而一旦移動中被他們看見，或是踩踏小鵝卵石的腳步聲被聽見，他們一定會立刻展開攻擊——這點倒是不難想見。

因此，春雪與謠若想要抵達禁城本殿，就只能利用這約有三十五根的圓柱掩蔽，躲過這些武士的反應圈前進。當然，他一開始就想過用背上的翅膀高高飛越，但夜空中有許多看似老鷹的鳥類緩緩巡弋，讓他放心不下。如果這些只是屬於場地特效一部分的無害小動物，那自然無妨；但萬一是警戒型的公敵，事情可就沒那麼簡單了。

所幸他的翅膀並非完全派不上用場。

春雪縮進不知第十幾根的圓柱後頭，雙手抱著Ardor Maiden小小的身體，拚命傾聽聲音以盤算時機。左方離了約五公尺遠的大路上，有群武士身上鎧甲晃得喀啷作響，沿路南下。

他們沉重的腳步聲來到柱子旁邊、通過、漸行漸遠……

就在此時，春雪懷裡的謠以極小動作點頭，同時Silver Crow以最低出力振動背上金屬翼片，輕飄飄地展開一段靜音飛行……不，是大跳躍。接著他便移動到了八公尺外的柱子後面，輕輕地以腳尖著地。背後那群武士似乎沒發現有人闖入，維持著同樣的步調遠離。

「呼……」

春雪原本打算鬆口氣卻途中忍住，讓謠投來擔心的目光。他看著少女那對紅寶石般的鏡頭眼，點點頭表示自己不要緊。

他不是沒在無限制中立空間跟公敵交手過，但從來不曾被迫這麼緊張兮兮地匿蹤。時間已經過了至少二十分鐘，兩人卻只前進了不到一百公尺。但是不能急，他必須集中精神，小心翼翼地完成每一次跳躍。

狀況固然艱鉅，但春雪這兒卻也有些優勢。首先他的「飛行」並非需要喊出名稱才能發動的必殺技，而是常態啟動型的技能，因此不用擔心被這些武士聽見。

另一項優勢在於——噤聲隱藏氣息原本就是有田春雪在現實世界中的拿手好戲。梅鄉國中的三百六十名學生之中，沒有人像春雪那樣勤加磨練「低調技能」。其中的訣竅說來矛盾，那就是「光明正大地偷偷摸摸」。春雪一年級時，就曾因為過度在意周圍學生目光，而刺激到了那些不良少年的虐待狂癖好。不管做什麼事，過與不及都沒有好處。

沒錯，要小心戒備，但不要無謂地害怕，就這麼順其自然——進行下一次跳躍。

受到朱雀火焰燒灼而累積下來的寶貴必殺技計量表，目前還剩下六成左右。只要好好省著用，通過這個區域綽綽有餘。只要保持鎮定，腳踏實地一次跳一根柱子，遲早可以抵達終點。這是他在打掃那間飼育用小木屋時學到的。

又一群武士接近並從柱子對面走過。謠點點頭，春雪也點頭回應，接著輕輕振翅、跳躍。

四十分鐘後，春雪終於來到了最後一根圓柱旁，這次他總算重重地喘了口氣。

巡邏的武士看樣子並不會到這根柱子附近。懷裡的Ardor Maiden確定四周沒有公敵的聲息後，以最低音量輕聲說：

「辛苦你了，鴉鴉。」

「嗯……小梅也辛苦了。」

春雪答完話後，輕輕將嬌小的虛擬角色放到小鵝卵石鋪成的路上。兩人緊靠在一起蹲下，慎重地從柱子後頭窺探前方的情形。

無限制中立空間，也就是真正加速世界裡核心中的核心——「禁城本殿」，就屹立在短短五公尺前方。

由於場地是和風的「平安京」，因此建築物造型十分類似以前日本史課程中進行完全潛行看到的平安京大極殿重現模型，不過尺寸要巨大得多了。

宮殿屋頂由濃黑色瓦片構成，牆壁漆成白色，柱子與方格窗則是朱紅色。

當前位置的左方，能看見大路正中央連接到正門，但想從那裡入侵多半……不，是絕對不可能的。畢竟在入口左右兩邊，都有遠比武士巨大的鬼神——或者該說是金剛力士——公敵，挺立於門前把守。

「……鴉鴉，我想還是該問你一聲……你打算挑戰那些人嗎？」

謠小聲地這麼一問，春雪立刻讓頭盔進行一陣高速水平來回運動。

「怎怎怎怎麼可可可可能？我連一公分都不想再接近了……」

「……我也一樣。可是……既然如此，你到底打算怎麼辦？我想，還是得進到那座本殿裡面，才有辦法找到傳送門……」

「呃……」

春雪在面罩下咬了咬嘴唇。

即使說出來，他也不知道是否能讓她接受自己接下來的行動及其根據。但春雪不想對四埜宮謠這個天真無邪卻背負了莫大重負兩年以上的少女說任何一句謊言，所以他原原本本說出了事實。

「剛剛在南端柱子後面睡著的時候……我做了個夢。我夢到一個不是我，但是跟我很像的人……沿著跟我們完全一樣的路線進了本殿……」

他依然想不起整個夢境的全貌。但先前看到那段銀色虛擬角色的幻覺之中，沿著鵝卵石路前進之後的一小段場景，已經模糊地甦醒過來。

Ardor Maiden露出一臉不可思議的表情，春雪則將手放在嬌小巫女的右腰上，扶著她跟自己一同起身。Silver Crow輕輕抱住少女，先朝左右掃視以確定安全無虞，接著消耗剩下不多的計量表，進行最後一次長距離跳躍。

他的目標並非左手邊的正面入口，而是右方——白色牆上整排方格窗中從左邊算起的第五扇窗子。

春雪在由朱紅色木條縱橫架成的窗戶前落地，此時略往前站的謠回首，微微搖頭說：

「我想……這窗子應該打不開，要破壞就更難了。像這類窗戶，在系統上幾乎全都是鎖死的物件，沒有辦法破壞……」

她說的完全正確。BRAIN BURST程式創造出來的無限制中立空間，跟作為格鬥遊戲場地的正規對戰空間不一樣，還兼具了用來讓人攻略與冒險的角色扮演遊戲成分。一般空間裡的建築物基本上都能破壞，但無限制中立空間則另當別論。就像單機的完全潛行型ＲＰＧ裡，遇到上了鎖的「門」就得有正確的「鑰匙」才能打開一樣，這個世界中凡是鎖上的地方，也都必須有「理由」才進得去。

但春雪只對謠點了點頭，隨即再次抬頭望向窗戶。

他伸出手，抓住漆成紅色的細木條，在心中祈禱「拜託要打得開」，接著輕輕一拉。

結果——方格窗就以中央的橫木條為軸心，無聲無息地轉動了。

「……！」

謠深吸一口氣，瞪大朱紅色的鏡頭眼不敢置信。

也難怪她會震驚。方格窗內側下方有著發出金光的牢固鎖具，但這個鎖具卻完全收了進去，顯示這扇窗戶在系統上並未鎖住。

Ardor Maiden默默移開幾步，踮起腳尖將手伸向隔壁的方格窗，依樣畫葫蘆試圖打開，但紅木條卻固定不動，就連彎也不彎一下。顯然只有第五扇窗戶的鎖早已由內側開啟。

「……這扇窗戶沒上鎖，也是你在夢裡看到的……是嗎？」

走回來的謠以沙啞的嗓音這麼問，春雪微微點頭答道：

「嗯……夢裡有人從這扇窗戶溜了進去……打開了鎖。」

「跟破壞南門封印的是同一個人嗎？」

「這……我不知道，畢竟在夢裡好像沒有這樣的場景……而且，我看到的人影，似乎沒有拿什麼像是刀劍的東西……」

春雪以含糊的聲調回答，同時拚命翻找記憶，但那畢竟是不小心睡著時做的夢，頂多只想得起一些混亂而片斷的印象，甚至沒辦法照時間順序整理出來。如果有各家神經連結裝置通訊廠商還在研究的「夢境錄影程式」就另當別論，但真要說起來，這類外部程式也只有在藍色的「基本加速空間」裡可以使用。

不，更重要的是……那真的只是夢嗎？

所謂的夢境，基本上都是根據自身記憶重組出來的，所以不可能在夢中看到完全不認識的東西。春雪當然是今天才第一次進入禁城，那麼「這扇窗戶的鎖已經打開了」的記憶，到底是從哪裡來的呢……？

想到這裡時，東方突然傳來些微聲響，春雪驚覺地轉動視線望去。

一望無際的白色牆壁與成排楓樹並列的庭園小徑之間，傳來了鎧甲的喀唧聲，無疑是有群武士型公敵來了。看來這條路儘管經過頻率較低，但還是有列入巡邏路線，他們非得立刻移動不可。

兩人對望了半秒左右，接著同時點頭。都來到這兒了，實在沒道理後退。春雪先把頭鑽進某人開了鎖的窗戶，確定內部寬廣的走廊上沒有公敵身影，再讓整個身體溜進去，跟著用雙手拉起Ardror Maiden，最後他將方格窗照原來的樣子關回去，兩人並肩蹲在窗下。

沉重的腳步聲經過窗外鵝卵石小徑，在正門附近迴轉後又再度通過，這才往東走遠。

「呼……」

兩人同時吐出一口已不知道吐過幾次的長氣，再度對看一眼，隨即碰了碰拳頭露出微笑。

終於——

終於成功闖進了號稱固若金湯的「禁城」，而且還進了本殿。他們倆已經非常接近加速世界的核心了。

只是說來遺憾，幾乎可以肯定在春雪與謠之前，就曾經有超頻連線者來過這裡。而且，如果破壞南門朱雀封印的人，跟打開這扇方格窗鎖具的不是同一人，就表示至少曾經有兩個人闖關成功。

要知道他們是誰，唯一的方法就是繼續往本殿內部前進。相信守護內部的公敵在質與量方面都不是殿外所能相比，但現在也只能放手一搏了。

春雪用力眨眨眼，小聲對謠問說：

「呃……從我們潛行到這裡算起，在現實世界大概過了多久啊……？」

「如果估計內部時間大約七小時，那麼外界就是兩萬五千兩百秒的千分之一……大約二十五秒。」

「這樣啊……那學姊他們回去已經過了二十秒左右吧，只是不曉得他們會等多久才拔掉我們的線。」

「快的話，我想三十秒就會強制斷線了，所以現實時間還有十秒……換算成這邊的時間，

還剩兩小時四十五分鐘。」

謠不愧是資深超頻連線者，立刻就答了出來。到現在還不太擅長心算加速時間的春雪則連連點頭：

「就看我們是可以活著走到裡面，還是死在路上了……無論如何，兩個多小時已經夠了。我們走吧，小梅，我想右邊應該比較安全。」

春雪單膝跪地，伸出左手……

謠用那對在純白面罩上發出朱紅色光芒的鏡頭眼，凝視著他好一會兒。

「…………？」

春雪納悶地歪頭，聽到嬌小巫女用語帶微笑的聲音對自己說話：

「總覺得來到這邊以後，鴉鴉越來越可靠了，簡直……就像家兄一樣。」

突然聽到對方稱讚自己，讓春雪的心慌計量表轉眼間急速上升。他視線亂飄，以緊張得破音的聲調問：

「這、這樣啊，小梅有哥哥啊？幾年級？」

但謠沒有回答這個問題。她只是握著春雪的手站起，露出平淡卻帶著幾分落寞的笑容說：

「好了，我們走吧。不管是生是死……我的命就交給鴉鴉了。」

「……嗯。」

春雪拋開困惑，強而有力地點了點頭。

既然是自己主張朝本殿前進，自然非得全力保護謠不可。雖然以超頻連線者的實力而言，是謠壓倒性地佔優勢，但這完全是兩回事。即使要他捨身相護也無妨，絕對不能讓謠再度陷入「無限ＥＫ」狀態……

春雪暗自下定決心，開始在冰冷的木質地板走廊上行走，卻有個小小的聲音在耳邊甦醒。

──春雪大哥哥，如果我們之中有一個……或是我們兩個都失去了BRAIN BURST……

──一定會把對方忘得乾乾淨淨吧……

這個片段並非來自不可思議的夢境，而是現實時間兩天前的六月十六日星期天，在正規空間的皇居東御苑召開完「七王會議」之後，第二代紅之王「Scarlet Rain」──上月由仁子突然跑來春雪家所說的話。

當時她看起來顯得很害怕，不，她都說出「要是失去BRAIN BURST」這種話了，相信一定是真的很害怕。

但是，她到底在怕什麼？仁子已經是最強的九級玩家，更是支配加速世界的「純色七王」之一，究竟什麼東西能讓她怕成那樣？她不但有火力驚人的強化外裝，更精通「強化射程」以及「強化移動」的心念技能，說不定即使身陷四神朱雀的地盤都能獨力逃出生天。

……不，就算號稱是王，現實中的仁子依然只是個小學六年級的女生，總會有感到無助的時候。而且半年前的「災禍之鎧」事件中，她還親手處決變成第五代「Chrome Disaster」的上輩玩家「Cherry Rook」。Rook是她在現實世界的全校住宿制學校中為數不多的朋友之一，事後卻失去了BRAIN BURST的記憶，轉學到遙遠的地方去。要是仁子不覺得寂寞，反而才讓人覺得奇怪。

「……我說小梅啊。」

春雪走在長長的走廊上，下意識地開了口：

「什麼事？」

面對抬頭看著自己的年幼巫女，春雪先是嘴上嘟囔了半天思考如何啟齒，這才重新開口：

「等我們找到傳送門出去……並把這一堆問題全部解決後，我想介紹個朋友給妳認識。」

「你的朋友……？是指現實世界裡的朋友嗎？」

「嗯，她比小梅大兩歲……現在讀六年級。她有點跩，還有點凶……不過人真的很好。如果……如果小梅妳不介意，請妳也跟她做朋友……」

忽然間——

春雪胸口有種刺痛般的感覺直往上衝。他不由得停住呼吸，睜大眼睛。

這是……預感？剛剛說的這句話多半不會實現……在這之前，大概就會有可怕的……悲慘的結局到來……

——怎麼可能有這種事！

我要保護我的世界，不讓任何人不幸，不讓任何人傷心。包括學姊、師父、小百、阿拓，四埜宮同學……Pard小姐跟仁子當然也算在內。這個羈絆圈子雖然小，卻比什麼都還要龐大、比什麼都還要溫暖。我要保護好這個圈子，一定要。

「鴉鴉。」

忽然聽到有人用緊繃的聲音呼喚自己，令春雪驚覺地睜開眼睛。他將視線轉向身旁，發現幼小的巫女一直注視著走廊前方。

春雪跟著往前一看，發覺前方暗處有著好幾股巨大的氣息存在，隨即聽見沉重的腳步踩得木板發出聲響。

「看來裡面果然也有公敵。」

聽謠小聲這麼說，春雪很快地點頭並左右觀察。右邊牆上有一排漆成紅色的方格窗，只要打開鎖，應該就可以移動到外面，但出去以後也同樣有可能遇到武士型公敵。

左邊不是牆壁，而是畫有豪華浮世繪的紙門。門上看不到什麼像是鎖的部分，相信一拉就會開，但這一整排紙門，到底該拉哪一扇才好……

就在這時，他又看見了奇妙的幻覺。幻覺中有個淡淡的人形輪廓，拉開約兩公尺前方的紙門，就這麼溜了進去。

「……那邊。」

春雪沒有半點懷疑，追隨幻影虛擬角色而去。他毫不猶豫地拉開紙門，發現另一頭同樣是木質地板走廊，而這次左右兩邊都是整排的紙門。兩人進到這個往北延伸的空間後，春雪輕聲關上背後紙門。

還來不及喘口氣，去路上又傳來踩得木板咿呀作響的大質量移動聲響。一個形狀跟自己很像的幻影以滑行般的步調往前進，拉開右邊的紙門後消失。

這個人影到底是誰？為什麼只有自己看得到？春雪有太多事情搞不懂，但現在他也只能選擇跟上。

他吞下還盤據在胸口的刺痛餘波，強行喚醒專注力，牽著謠的手拉開下一扇紙門。

武士型與神官型的守護公敵，將禁城本殿的室內地圖擠得密不通風，要是想靠自己躲開這些公敵前進，恐怕花上一整天也不夠。

即使通道本身很寬，而且不乏柱子或雕像之類的物件藏身，但公敵的巡邏模式十分複雜，實在無法於短短幾分鐘內完全判讀出路線。再加上建築內部構造裡有一整片地區都是大同小異的紙門與走廊，系統當然更沒提供自動繪製地圖的功能，三兩下就會讓人失去方向感。

之所以能只花了一小時多一點的時間，就走完這高難度的迷宮，全靠春雪視野中浮現的奇妙人影幫了大忙。

這個春雪連名字都不知道的小個子對戰虛擬角色，一直掌握住精準時機見縫插針般鑽過巡邏公敵的死角，接二連三打開沒有任何標記的紙門，引導春雪與謠前進。而春雪也已看出這顯然不是夢境或幻覺。

想來應該是——「記憶」。雖然不清楚運作邏輯，但這一定是曾經潛入禁城之中的超頻連線者留下了記憶，並在春雪意識中播放出來的結果，除此之外實在無法說明這個現象。如果真是如此，就表示這人已經成功入侵禁城最深處且生還，將記憶留在某種媒體上。

既然如此，相信這個朦朧人影所抵達的終點，一定存在著可以回到現實世界的傳送門。

春雪抱持信心，牽著Ardor Maiden的手，一心一意跟著記憶中的身影前進。

儘管數次面臨危險，但兩人依舊在這一個多小時內成功地逃過公敵的鎖定，來到看似已經接近終點的寬敞房間入口處。

「……這裡是……」

謠喃喃自語，用力握緊牽著春雪的手。

那是一個會讓人想用「大伽藍（註：莊嚴的寺院建築）」來形容的巨大空間。紅色柱子支撐著頗高的天花板，四面牆上裝飾有絢麗的浮世繪。整個空間就像是「最終頭目的房間」，但看來裡頭沒有公敵存在。

然而空間中卻飄散著某種濃密的氣息，壓得人喘不過氣來。春雪回握謠的手，在銀色面罩下拚命凝神觀看。

引導兩人來到這裡的記憶幻影輪廓慢慢踏入房間，朝著昏暗的內部前進。春雪下定決心，從後跟去。

人影在成排圓柱之間以滑行般的動作前進——

達到某個定點的瞬間，影子忽然無聲無息地消失。

「啊……」

春雪低聲驚呼，加快腳步。既然記憶中的人影消失，就表示這裡一定有傳送門。然而寬敞的房間內只充滿了黑暗與寒氣，完全看不到傳送門那種搖曳的藍光。怎麼會——都到了這裡，竟然沒有出口，怎麼會這樣……

春雪半奔跑地走完最後十公尺，不得不認識到他擔心的事已成了現實。

這裡確實有東西，但明顯不是傳送門。

兩根有著黑色光澤的方形石柱，以兩公尺左右的間隔並排，高度大約到Silver Crow的胸部。上方設有顏色不同的薄板，想來這應該不只是單純的柱子，而是拿來放東西的台座。

然而——兩個台座都空了。

即使以前放了什麼東西，現在也全都被拿走了。引導春雪他們來到這裡的灰色人影，應該至少拿走了其中之一吧。而他拿走的東西，多半同時也是回現實世界用的鑰匙，也就是所謂只能啟動一次的「單次傳送門」。

「怎麼會這樣……都來到這裡了……」

春雪感到莫大的失望，垂下肩膀，但就在這一瞬間……

身邊的謠，以幾乎要讓人手掌變形的力道握緊了他的左手。

「……!?」

春雪趕忙往身旁一看，發現這名過去從未失去冷靜的年幼巫女，此刻卻讓一對鏡頭眼溢出朱紅色的光芒，以彷彿恨不得把眼前物體吞下去似的目光凝視右側台座。巫女面罩頻頻抖動，小小嘴唇流露出沙啞的嗓音：

「……『七星』牌。」

「咦……咦……？」

春雪對這個從沒聽過的字眼感到困惑，因此跟著望向台座。結果，他察覺到之前沒注意的台座前方，分別嵌著一塊小型的金屬牌。他走上一步仔細打量，發現牌上除了幾個文字之外還刻著奇妙的圖形。

圖形中有著七個點，以及六條串連這些點的線。這些點與線所構成的形狀他並不陌生。錯不了，短短兩小時前，他們從禁城內苑仰望星空時，就曾看過這個形狀。

大熊星座的尾巴。北斗七星。

背上的某個點忽然又抽痛起來，而且痛楚似乎比先前更多了幾分存在感。春雪輕輕搖頭，將身體的異狀從意識中甩開，小聲問說：

「妳說的『七星』，就是刻在這牌子上的北斗七星？這台座怎麼了嗎……？」

謠總算抬起頭來，以最低音量回答：

「之前放在這個台座上的是強化外裝。但它們並非普通的武器或護具，而是一系列號稱全加速世界最強的傳說裝備……『七星外裝』，又叫做……『七神器』。」

「七……神器……」

這個名稱他聽過。

他不可能忘記。春雪的師父Sky Raker前天在「七王會議」座上曾經提過這件事。紫之王Purple Thorn所持錫杖「The Tempest」、藍之王Blue Knight所佩大劍「The Impulse」，以及綠之王Green Grande帶著的大盾「The Strife」，都是「七神器」之一。

當時Raker還說過，推測加速世界中一共有七件這樣的神器，但目前已證實存在的只有四件。而會有這樣的「推測」，根據就在於眼前台座上所鑲嵌的說明牌。仔細一看，牌上刻的北斗七星浮雕中，只有六號星標得特別大。這是否表示每一件神器都對應到一顆星星呢？

「……也就是說，像藍之王他們所拿的神器，本來也都放在跟這一樣的台座上……？」

春雪的問題省略了思考過程，但謠仍然點點頭說：

「對。『劍聖』他們得到的神器，分別供奉在無限制空間裡新宿都廳、芝公園、東京巨蛋以及東京車站地下的『四大迷宮』最深處。我曾經看過『The Impulse』的台座，造型就跟這兩個台座一模一樣。鴉鴉，請你看這邊。」

謠輕聲說到這裡，指向金屬牌上的一個點。七星浮雕的下方，刻著兩個以莊嚴字體構成的漢字。春雪知道這讀作【開陽】，但不知道意思。

「所謂開陽，就是北斗七星裡六號星(Zeta)的中國名稱。我看過的大劍The Impulse台座上，則刻著一號星(Alpha)的中國名稱『天樞』。同樣的，聽說錫杖The Tempest的台座上刻著二號星(Beta)的中國名稱『天璇』，大盾『The Strife』的台座上則刻著三號星(Gamma)的中國名稱『天璣』。」

「……原來如此……」

春雪拚命將連續出現的專有名詞塞進腦子裡，同時重重點頭。

無限制中立空間的禁城東南西北四方設有四大迷宮，而四件強化外裝封印在這些迷宮的深處。用來放置這些強化外裝的台座上，則刻著構成北斗七星斗杓部分那四顆星的中國名稱。

既然如此，發現這點的資深超頻連線者當然會認為「多半有七件最強的強化外裝存在，這些就是其中四件」。

——啊，我真的好不甘心，為什麼我沒有早一點當上超頻連線者？像是探索四大迷宮啦、攻略迷宮裡的頭目啦、取得最強裝備啦，這些好玩的事件竟然全都已經結束了。

春雪腦中閃過這種不甘願的想法，但隨即調適好心態。師父Sky Raker不也說過「一切才正要開始」嗎？而且，要是他初期就當上超頻連線者，說不定目前會站在跟黑暗星雲……也就是與黑雪公主敵對的一方。這個世界上，再也沒什麼事會比能當她的「下輩」更幸運了。

春雪微微低下頭，深深反省自己的想法。接著他小聲對謠說道：

「對了，七王會議上只看到三件，那『目前已證實存在的四件神器』裡剩下那一件叫什麼名字？這件外裝當然也跟藏在四大迷宮裡面的另外三件一樣，已經被人拿走了吧？」

「這……是有人證實芝公園大迷宮最底層的四號星（Delta）『天權』的台座空了，可是……」

謠頓了頓，也露出沉思的表情說下去：

「原本應該放在上面的神器名叫『The Luminary』，到現在還不知是誰拿走的。至少據我所知，目前還沒任何使用過的記錄。」

「咦……」

她的話出乎春雪意料之外。費盡千辛萬苦才拿到世界最強的強化外裝之一，有可能不拿出來用嗎？當然也許是怕太顯眼而變成眾人集中攻擊的目標，但如果是實力足以突破巨大迷宮的人，應該大可光明正大宣稱自己就是神器的主人。

而且除此之外，還有另一件事也讓他想不通。春雪歪著頭繼續問謠說：

「……可是，記得Raker師父還說過，『目前已經證實存在的神器只有四件』。明明只發現了台座，這『The Luminary』為什麼也算在已經證實存在的神器裡？」

「不……」

謠搖搖頭，頭上巫女型虛擬角色的頭髮配件隨之微微晃動。她莫名猶豫起來，雙目低垂，以壓到最低的音量說：

「『The Luminary』不算在內。截至目前為止，已經出現在加速世界裡的四件神器之中，最後一件……就是原先應該放在這『開陽』台座上的『The Destiny』。」

「……Des……tiny」

春雪複誦一次這個名字，接著目光被吸引到台座前方的金屬牌上。在六號星畫得較大的北斗七星浮雕，以及六號星中國名稱那兩個漢字的下方，確實還刻著幾個英文字母，上面寫著【THE DESTINY】。

他應該沒聽過這個名字。

但春雪卻感覺到，那種奇妙的感覺再度貫穿了身體正中央，靈魂最深處傳來一陣一陣的抽痛。這道脈衝沿著中樞神經行進，在背上某個點撞出小小的火花。

他的視野忽然晃動。不對，是有個地方的影像在變形。他凝視的金屬牌上所刻那排英文字母——DESTINY這七個字母開始振動、變形，眼看就要變為一列似是而非的字串……

「鴉鴉。」

左手再次被人用力握緊，讓春雪瞪大雙眼。

幻覺就此消失，金屬牌上的文字也恢復了原先排列，不知不覺間連背上的抽痛也消失了。他連連眨眼，想起剛剛說到哪裡，這才以還留著幾分沙啞的嗓音對滿臉擔憂的謠道歉：

「啊……抱、抱歉，我呆了一下……。呃……這也就是說，果然有超頻連線者在我們之前就先來到這裡，拿走了放在這台座上的『The Destiny』，然後在對戰中拿出來用過？這人叫什麼名字？我猜這人也是王……？」

但對於這個問題，Ardor Maiden只是頻頻搖頭。

「……對不起，我也沒有親眼見證……聽說事情發生的時間，比我當上超頻連線者還要早得多……」

「這樣啊……」

春雪忍住急切的心情點點頭。既然連相當資深的謠都不知道，那麼這件事與當上超頻連線者才八個月的春雪之間，理應沒有任何接點。也因此，悶在腦海中的焦躁感、這種明明知道卻想不起來的無奈，應該只是一種錯覺。

春雪彷彿下意識地想將目光從「The Destiny」這個名稱上移開，他握著謠的手往左走開幾步，仔細觀看隔壁的台座。

這個台座也嵌有相同的金屬板，上面也一樣有著北斗七星的浮雕，但畫得比較大的則是五號星，上面刻的漢字是【玉衡】。

「這是念作……玉衡……？」

「對，是五號星的中國名稱。神器的名稱是……」

謠同時把臉湊過來看，上面有列文字寫著【THE INFINITY】。兩人異口同聲地唸了出來。

「我也是第一次聽到這個名字。既然台座也跟隔壁一樣空了，代表已經有人……搞不好是同一個人拿走了……如果真是這樣，那這件神器就跟『The Luminary』一樣，算是從來沒人動用過的不明神器了……」

「這……也說得是。」

春雪點點頭，悄悄嘆了口氣。

前天在即將參加七王會議之際，在會議地點所在的千代田區裡看見遠方禁城時，黑雪公主就曾提過這件事：傳說禁城本殿的最深處，放著超厲害的強化外裝。

而這個傳聞就是不折不扣的真相，而且恐怕比藍、綠、紫三王所拿的神器更高階，但他們只找到台座，真正重要的物品早已被人拿走。春雪不只是一個超頻連線者，更是個徹頭徹尾的重度玩家，也難怪他會大失所望。

「……Infinity……真不知道是多厲害的裝備……好想看一眼啊……」

就在春雪遺憾地這麼說時——

他忽然發現一件事，全身一顫，抬起頭來。

有四件神器放在無限制中立空間各方的四大迷宮，而整個空間的中央，也就是禁城本殿的最深處則放了兩件神器，數目合計是六件。但刻在台座上的星星數目總共有七顆，所以才叫做「七星外裝」，這點剛剛謠不是說過嗎？也就是說……這也就表示……

「還少……一件……？」

聽到春雪下意識說出這句話，身旁的Ardor Maiden也點點頭說：

「我剛剛……也在想這件事。這個大房間應該就是加速世界的中心，但只有兩個放神器的台座……那麼，北斗七星裡的七號星(Eta)，破軍星Alkaid……到底在哪裡……」

兩人面面相覷，不發一語。此時卻傳來某個人說話的聲音：

「這個問題，就由我來回答吧。」

那是個少年的嗓音，聽來有如吹過秋日晴空的風一樣清涼。

4

聽到這個聲音的瞬間，大吃一驚的春雪將臉轉往聲音來源——也就是兩個台座的北方。

但四埜宮謠的反應卻不一樣。她放開一直與春雪相繫的右手，並以這隻手輕輕推得春雪退開；接著少女又上前一步，半側著身體微微舉起左手，朝向填滿房間深處的黑暗。

一陣淡淡的橘色光幕，籠罩住了嬌小的巫女型虛擬角色全身。這種過剩光正是她發動心念系統的證明。然而謠曾經是黑暗星雲的「四大元素」之一，不可能不知道動用心念的第一原則——除非受到心念攻擊，否則千萬不可以動用心念。

謠還看不見對方的身影，就已經發動超頻連線者的終極能力，顯示出她不惜犯下禁忌也要保護春雪的堅定意志。而Ardor Maiden所散發出那種或許能烤焦空氣的壓迫感，則展現了兩人之間壓倒性的實力差距。

一旦展開這種層次的戰鬥，自己多半只會礙手礙腳。儘管有這種認知，但慢了一步的春雪仍然決定盡己所能，舉起雙手集中想像力。銀色過剩光附在模仿劍刃伸展出去的手指上，勉強覆蓋到了整隻前臂的一半。

面對徹底進入備戰態勢的兩人，來者再度開了口：

「我為自己的失禮道歉。但還請兩位相信，我完全無意跟你們打。」

在這種狀況下，對方說話的聲調仍然顯得若無其事，聽不出含有絲毫惡意，令人覺得其所言不虛。不過，謠卻絲毫沒有放鬆戒備。

「那麼，你至少得先露臉。」

她以堅毅的態度這麼回應，周身過剩光更是強得幾乎能驅開黑暗。這種在光譜紅色區段搖擺的光輝，曾伴隨著巫女的舞蹈而化為燎原業火——一想起這點，便令春雪倒抽了口氣。

「好，我馬上過去。」

說話者這麼回答，接著傳來「鏗！」一聲高亢的腳步聲。

這人故意踩響地板，自大房間深處緩緩走出。室內明明無風，但左右牆邊的兩排燭火卻一起搖動。

鏗、鏗。慢慢接近的腳步聲，離兩人已不到十五公尺。對遠戰型或高機動型的對戰虛擬角色而言，來者可說完全進入了攻擊範圍之內。在這劍拔弩張的氣氛中，只聽得這人並未放慢腳步，繼續走近。

沒過多久，身影終於出現在燭光之中。

藍。

那是一種清澈到了極點的深藍。既似深邃的湖水，又像從雲上仰望的蒼穹。

他的造型以對戰虛擬角色來說個子相當小，與嗓音給人的少年印象如出一轍，了不起只比Ardor Maiden高了一點。然而，卻看不出一絲纖弱的成分。

來者四肢有著看似長袖褲裝和服的厚重裝甲板，一條形狀像是髮束的配件從後腦延伸過了腰，而瀏海配件下露出的面罩稚氣卻不失堅毅。他給人的整體印象帶有強烈的日本風格，若說Ardor Maiden是巫女，那麼眼前這人應該就是「年輕武士」吧。

而最能印證這個形容的，就是他佩在左腰的近戰用強化外裝。

這件強化外裝有著橢圓形的鍔與偏細的鞘，或許不該說是劍，稱之為刀會比較貼切，然而刀身卻又幾乎完全沒有曲度。武器那如鏡般光亮的銀色，除了照出虛擬角色的藍色身體之外，還看得見無數光點於其中搖曳，簡直像是無垠星空濃縮成刀的形狀一般。

年輕武士在離兩人約十公尺處停步，左手放上刀鞘。謠舉起的手微微一動，但下一瞬間，便聽到強化外裝發出一聲輕快的金屬聲響，隨即連刀帶鞘從腰間解開。他順勢將刀放到腳邊，讓自己手無寸鐵，更張開空無一物的雙手給春雪他們看，接著再次平靜地說：

「正如你們所見，我無意戰鬥。」

如果說控制這個對戰虛擬角色的少年，就如其外形所示具備劍士的本質，那麼將相當於劍士靈魂的刀橫放在地，正表明了他絕對無意開打。

差不多在春雪想到這裡的同時，謠也慢慢放下左手，籠罩少女全身的過剩光忽然間消散在空氣之中。

「我就相信你吧。」

謠回答得這麼乾脆，讓春雪差點從後發出疑問的驚呼，接著他連忙跟著放鬆擺出的架式。當初跟Bush Utan交手時，他就有這種感覺——看樣子這名少女在「是否相信他人」這點上相當果決。

年輕武士型虛擬角色小小鬆了口氣，那對散發藍色光芒的清澈鏡頭眼目光明顯變得柔和。接著多了幾分平靜的嗓音再度傳來：

「太好了……我心裡緊張得不得了，還在想若真的弄成對戰該怎麼辦呢。」

「咦！」

這次春雪貨真價實地驚叫出聲，並說出了有點失禮的感想。

「有、有辦法來到這裡的人，怎麼還……像個新手似的……」

年輕武士聽了卻微微一笑，說出了更驚人的話：

「不，我真的是徹徹底底的新手。畢竟我從當上超頻連線者到現在，從來沒有打過一場正規對戰。」

深藍色年輕武士將地板上的刀撿起並掛回腰間後，領著謠與春雪來到左方牆邊成排燭台當中的一個。

在燈火搖曳的蠟燭左右，能看見自牆壁延伸出的粗橫木形成了板凳。武士坐在一邊，兩人則在另一邊坐好，短暫的沉默跟著到來。

春雪說了聲「抱歉」，隨即觸控自己的HP計量表叫出主視窗。連續潛行時間已經超過七個小時，從入侵禁城本殿算起也過了一個半小時。假設現實世界中的黑雪公主會在等待三十秒後切斷春雪他們的全球網路連線，那麼所剩時間大概只有一小時左右。

就在他按掉視窗的同時，坐在眼前的武士風格少年虛擬角色微微搖頭說：

「老實說……我到現在還是不敢相信。沒想到真的會有這麼一天，讓我在這個宮殿裡遇到其他人……」

春雪也一樣驚訝，但他有太多事希望對方說明，一時也搞不清楚到底該從哪裡問起。你是誰？你怎麼進禁城的？又是怎麼來到這個大房間的？而且有這樣的實力卻還沒打過對戰又是怎麼回事……

無數個問句在他腦海中轉來轉去，但身旁的謠卻突然朝對方行了個禮，開口說道：

「我參加的軍團是『黑暗星雲』，名字叫Ardor Maiden。」

對、對喔，應該從打招呼開始！春雪想到這兒，趕忙也行了個禮說：

「我、我是同樣隸屬於『黑暗星雲』的Silver Crow。」

年輕武士聽了後先眨了眨眼，接著小聲自言自語：

「黑暗星雲……」

他以彷彿初次聽到這個名字的口氣低語，接著才驚覺地挺直腰桿，一時之間有點吞吞吐吐。春雪還來不及表示自己的納悶，就看到他低頭回禮並迅速報上名號：

「啊，抱歉，還沒打招呼……我是……『Trilead Tetraoxide』，若不嫌棄請叫我Lead。」

「Trilead……」

春雪在口中複誦這個名字，內心卻歪了歪頭。從對戰虛擬角色的命名法則來看，這個單字應該是標示裝甲顏色，然而有哪個代表深藍或其他藍色的單字是這麼拼的嗎？

春雪朝身旁的謠瞥了一眼。幼小巫女似乎也在思索，但她隨即點點頭說：

「那我就叫你Lead兄。」

頓了一拍後——

「Lead兄，從禁城內側破壞南門『朱雀封印』的人就是你吧？」

聽到巫女問出這個說得輕描淡寫意義卻極為重大的問題，春雪震驚得仰起了上半身。

自稱Trilead的年輕武士也同樣露出驚訝的表情。一對深藍色的鏡頭眼先閃爍了幾下，接著才有點不好意思地露出試探的眼神，小聲反問：

「請問……妳為什麼這麼想？」

「只用兩刀便破壞耐久度那麼高的物件，這固然需要高超的實力，但同時也需要配得上主人的高等級強化外裝，例如Lead兄腰間這把『七神器』。」

「咦？」

春雪這次忍不住發出稍大的驚呼聲，他雖然連忙閉上嘴，目光卻盯著Trilead左腰上發出鏡面銀光芒的直刀。剛看到時的確覺得這把刀非同小可沒錯，但他萬萬沒有料到那竟然會是最強外裝之一。

「這……這是神器……？也就是說，是你拿走了放在那個台座上的玩意兒……？」

春雪依序看了看直刀與佇立在右側十幾公尺外的空台座，隨即這麼問道，接著就看見年輕武士更加不好意思地低下頭小聲回答：

「是……是的。對不起，其實像我這樣的人根本沒資格拿這把劍，可是……我第一眼看到時，就忍不住伸出手去……」

看到這位年紀多半比自己還小的少年以全身表達自己的歉意，春雪趕緊連連搖動右手與脖子說：

「啊，別這麼說，你根本不用道歉。第一個發現的人拿走，本來就是天經地義。我才該跟你道歉，我不該用那種口氣說話的。」

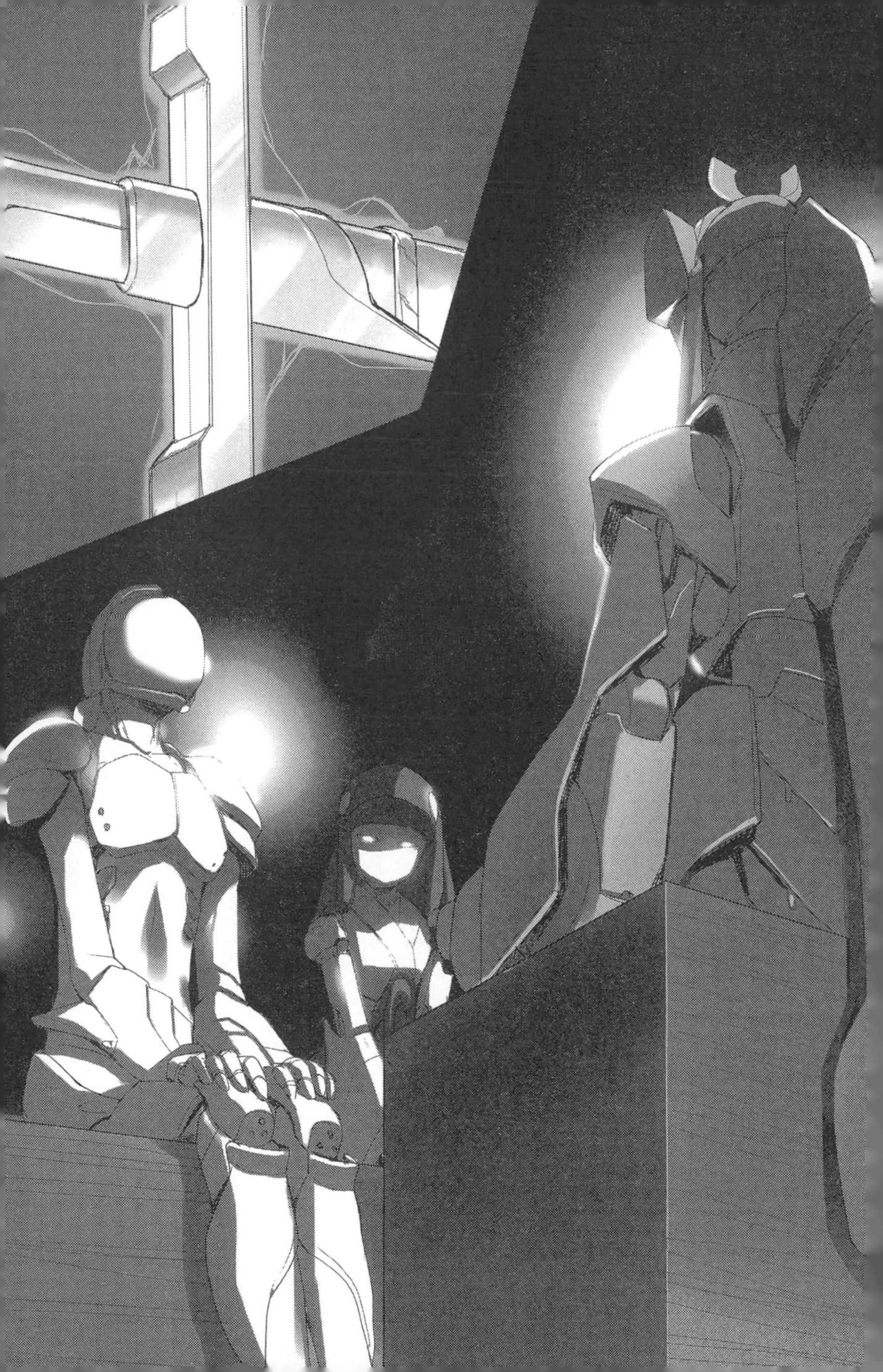

說完，他深深一低頭，發現Lead也戰戰兢兢地抬起頭來，兩人視線對個正著。看到對方風度翩翩的面罩上露出靦覥微笑，一股春雪極少產生的感觸登時湧上心頭。

——這小子人真不錯。

過去第一次見面就讓他湧起這種平等親切感的對象，就只有從小認識的黛拓武與倉嶋千百合。眼前這名叫Trilead的年輕武士可說來路不明到了極點，而且兩人相遇的狀況十分異常……但他卻覺得，即使彼此在現實世界中直接見面，一定也能相處得很好。

春雪忽然覺得有道目光盯著自己，於是往左看去，正巧跟同樣露出微笑的Ardor Maiden四目相對。這讓他突然覺得很不好意思，情急之下不小心問出了一個怎麼想都不覺得重要的問題：

「啊，呃，Lead……同學，你這把劍是放在哪個台座上的？我記得左邊是北斗七星裡面的五號星、右邊是六號星……」

「Crow兄，叫我Lead就好了。」

他還沒回答就先微笑著這麼一說，讓春雪趕忙補上一句：「那、那你也叫我Crow就好。」

然而Trilead低頭說：「不，我想我年紀應該比較小。」也不等春雪抗辯就開始說明：

「這把劍本來是放在五號星『玉衡』的台座上，名稱叫做『THE INFINITY』。」

春雪與謠將目光轉往大廣間中央，Trilead也同樣放眼望去，繼續說道：

「順便告訴兩位，我發現這把劍的時候，隔壁的六號星『開陽』台座已經空了。」

「嗯……」

春雪點點頭，接著身旁的謠出聲了：

「我聽說神器『THE DESTINY』出現在加速世界，是非常早期的事……BRAIN BURST程式發給第一世代超頻連線者還不到一年。」

「咦，是那麼久以前的事啦？那這個拿到『THE DESTINY』的超頻連線者……應該就是第一個闖入『禁城』的人了。然後Lead就是第二人……」

春雪幾乎沒有意識到自己自然而然地直呼對方名字，掰起右手手指算下去：

「那麼小梅跟我就是第三個跟第四個了？該怎麼說……雖然號稱固若金湯，跑進來的人卻挺多的嘛……」

說到這裡，三人對看一眼，同時發出竊笑聲。

但Lead隨即正色，再度充滿歉意地縮起肩膀說：

「兩位肯把我算進去，我當然覺得非常光榮……不過很抱歉，我並不是像各位那樣，光明正大從『四方門』進來的。」

「咦……什麼意思……？難道說，你越過了那道外護城河跟峭壁……？」

春雪歪了歪頭，但還來不及問出Lead話中的真意，謠已經先開了口：

「要這麼說的話，我跟鴉鴉也是多虧了Lead兄幫忙劈開南門的封印才進得來。我想那種封印一定有引導公敵的作用，若像過去黑暗星雲那樣分成四支部隊同時攻擊四神，一旦攻破了任何一道城門，封印就會呼喚禁城內部其他部隊前來迎擊。也就是說，如果封印還在，當時那扇門一定不會開，我們勢必會被朱雀的火焰燒死。」

「啊……原來如此，是這麼回事啊……」

春雪想起當時直逼背後的超高熱火焰，不由得全身一顫，同時深深點頭。他就這麼拋下了先前的疑問，向年輕武士丟出新的問題：

「也就是說，Lead，你之所以破壞封印，是想從那裡逃出禁城……？」

「不……不是……這樣的。」

Lead否認的話音中莫名流露出些許寂寥，接著他以帶著幾分靦腆的笑容回答：

「應該說……正好相反吧。我是想說，如果能破壞封印，也許有一天就會有人從那扇門進來看我……」

「進來……看你……？」

照理說，Lead同樣也算是入侵者才對，但他的遣詞用字卻十分奇妙，彷彿已經放棄了逃脫這檔子事。春雪在銀色面罩下連連眨眼，繼續追問：

「可是Lead，你既然待在這禁城本殿，也就跟我們一樣處於變相的『無限ＥＫ』狀態……換言之，也是被關在這裡出不去對吧……啊，不對，等一下……」

Trilead聽到他這麼說時，臉上閃過想隱瞞些什麼的表情；但春雪沒有發現，視線落到年輕武士腰間發出銀光的直刀上。

「『THE INFINITY』……這件神器不是還兼作只會啟動一次的『傳送門』嗎？那麼你拿到的時候，應該就已經可以脫離這裡了吧……？」

這個疑問本身非常單純，並沒有別的意思，但Lead卻又不好意思地低下頭去。春雪啞口無言地看著他，此時謠小小的手放上春雪左膝。

「鴉鴉，就算有傳送門，也不表示一定可以順利逃脫的。」

聽到這句話，春雪才發現自己的口氣簡直像在責怪Lead，因而反射性地深深低頭道歉：

「啊……抱、抱歉，Lead，我沒有要抱怨的意思，而且我自己就有好幾次類似的經驗……真要說起來，光是我目前待在這裡，就是沒能照計畫行動的結果……」

在這番拚命安撫下，年輕武士總算抬起頭來。他將雙手放在仿和服褲造型的腿上，又行了個禮說：

「對不起，Crow兄、Maiden小姐，將來有一天……等時候到了，我會說的。我會告訴你們自己為什麼待在這裡……」

Lead的聲音、表情——以及全身的姿態，都有種令人看得倒抽一口氣的端正。春雪愣在那兒說不出話來，改由在舉止端莊上並不遜色的謠代替他回禮：

「我明白了，Lead兄。那我們也說出自己的情形，告訴你我們為什麼要踏進四神朱雀的地盤，並從南門衝進禁城。」

接下來的五分鐘，春雪與謠簡潔地敘述事情經過。

包括兩年半前「黑暗星雲」軍團的挑戰與垮台。

Ardor Maiden為了讓團員逃脫，形同被封印在南門之前。

現任團員為了讓她生還所展開的救出作戰，以及結果——

Trilead瞪大眼睛聽得出神，當兩人閉上嘴喘了口長氣，他才輕聲說道：

「原來……還有這樣的事情啊……真沒想到，竟然會有一群人膽敢向那可怕的『四神』挑戰……試圖擊破牠……」

春雪從他的聲調中聽出了些微崇拜，當場瞪大雙眼。自己內心深處產生了共鳴，這股振動正要化為嗓音從喉嚨發出。

——你也是。

春雪正要這麼說，卻又臨時閉上嘴，因為他找不到後面該接什麼話。

不知是否察覺到了春雪這種模樣，Lead露出淡淡微笑，再度以平靜的聲音說道：

「既然如此，請務必讓我幫助兩位離開宮殿。」

「咦……謝、謝謝你……」

春雪先低頭道謝，接著探出上半身，急切地問道：

「你知道正常離開這裡的方法？像是哪裡還有能用的傳送門……？」

「我自己是用定時自動斷線的方法脫離，但我確定至少有一個傳送門可以用。可是……」

Lead雖然點頭承認，卻像在思索什麼似的停住不說。然而他隨即抬起頭，依序看了看春雪與謠說道：

「……我想，最好還是直接請兩位親眼去看，這樣也能同時兌現我一開始許下的承諾。」

「呃……你之前說什麼來著了？」

春雪歪了歪頭，深藍的少年虛擬角色便流暢地回答：

「就是約好回答兩位七號星……也就是你們口中最後一件『神器』的所在。」

Trilead從三人當成板凳的橫木條上站起，領著春雪與謠走向他當初現身時所在的大房間北側暗處。

燭光幾乎完全照不到的底端，有著與左右兩邊同樣由紅柱與白牆構成的牆壁，但牆上正中央卻有個先前都沒有留意到的東西。

那是個出入口，或者該說是一扇門。拼成小型牌坊狀的柱子之間，有著黑黑的空洞，裡頭溢出凍結人心的寒氣。

春雪下意識縮了縮身體，說道：

「原來這個極為寬敞的房間……還不是禁城最裡面……？」

「對，這裡是九重門的最後一道。只要通過這裡，就會抵達八神之社……我們走吧。」

Trilead輕聲說完，舉起有和服褲狀裝甲覆蓋的左腳，朝著那具有密度的黑暗踏了進去。謠毫不猶豫地跟上，讓春雪也下定決心追隨在後。

穿過牌坊後，發現原以為伸手不見五指的內部，其實有著微弱的光亮。這條穿廊沒走多遠就接到通往地下的樓梯，那淡淡的光芒似乎就是來自底下。Lead用習以為常的步調開始下樓，兩人從後跟去。

隨著腳步前進，春雪感覺到虛擬角色籠罩在一股與先前不同的壓力之中。這並非四神朱雀或鎧甲武士公敵散發出來的那種壓迫感，彷彿空氣本身就帶有一種靈力似的能量。

不，「靈力」這樣的字眼用在加速世界裡並不搭調。畢竟這裡是由BRAIN BURST程式創造出來的虛擬實境世界，五感接收到的所有訊息，都能置換為數位資料。仁子曾用「資料壓」這個字眼來形容從其他超頻連線者身上感受到的壓力，照這個說法，是否表示這個地方連空氣都含有某種資料？不是溫度、氣味或風向等表層資訊，而是時間，不，應該說是「歷史」，是一種近乎無限的存在之延續……

三人沿著質感宛如黑檀木的樓梯往下走了三十階以上，轉了一百八十度的彎後繼續往下。

就在春雪快搞不清楚到底朝地下走了多遠的時候——

去路上總算看到樓梯的盡頭，是個有木質地板且稍顯寬敞的空間，然而比起樓上那放有兩個台座的大廣間相比還是小得多，面積只有後者的幾分之一。

「咦……那裡就是禁城裡的最後一個房間？沒想到挺小的……該怎麼說呢，看起來好像什麼都沒有……」

春雪不由得說出感想，讓前方下樓梯的Trilead回頭露出淡淡的微笑答道：

「不，下去就看得到了。」

春雪本想問他看得到什麼，但還是加快了腳步。晚Lead幾秒進去空間後，闖進視野的是第二座牌坊，但比先前那座更加巨大。

木板空間正面屹立著連接左右牆壁與天花板的朱紅色門柱，但兩根柱子間卻存在著樓上的牌坊中所沒有的物件。那是種非常粗的純白繩索——注連繩，區分現實與神境的界線。

春雪吞了吞口水，朝這代表絕對隔離的門走上幾步，想看看門後黑暗中有些什麼。

「……好大……」

他發出喘不過氣來的驚呼聲。

兩排小小的火堆從牌坊左右往裡延伸，但完全看不見另外三邊的牆壁，格子狀的天花板也只是依稀可見。地板似乎是打磨過的石板，面積卻遠遠超過梅鄉國中體育館，完全看不出縱橫到底有幾公尺長。

明明寬廣、冰冷又寧靜，卻不會讓人覺得空曠，這感覺他並不陌生。春雪仔細一想，很快就找到了答案。當初在從禁城南門延伸出去的大橋上，「四神朱雀」出現之前，整個空間裡便充滿一股蘊含了巨大預兆的靜謐。

春雪再也說不出話來，在原地呆呆站著不動，遙則保持沉默。Trilead靜靜地上前，舉起右手，朝著成排火堆延伸的方向指去。

「看那邊。」

照他指的方向凝神一看，便能發現前方確實有種波長與搖曳火光不同的光線。春雪摒住呼吸，雙眼更加專注。黑暗微微退開，露出先前藏住的事物。

那是個用黑色石塊削成的台座。

造型與樓上大廣間並列的兩個台座一樣，前面也嵌有金屬牌。然而由於距離實在太遠，無法看清上面寫的字。台座上方籠罩在傳送門的藍色光芒中，一股溫暖的黃金色光芒緩緩脈動，既像在對人輕聲細語，又像在呼喚來者。

春雪下意識地要朝注連繩走近，Lead卻伸出右手輕輕按在他肩上制止。

「不可以，再過去就太危險了。」

「可……可是……」

這股既似焦躁，又像渴望的情緒實在太強烈，讓春雪連話都不太答得出來，謠輕聲代替他問說：

「Lead兄，那就是最後的『神器』……北斗七星的七號星吧？」

「對，妳說得沒錯。」

Lead點點頭，手仍然放在春雪左肩上，以乾淨的嗓音說下去：

「單單想接近到能看清牌子上所刻文字，就得花上無限的時間。那道光的名字是——」

「——中國名『搖光』，神器名稱則是『THE FLUCTUATING LIGHT』。」

「搖動的(Fluctuaing)……光(Light)……」

春雪下意識地在口中複誦這個名稱。

他對這個字眼沒有任何記憶。畢竟春雪就連「神器」的存在，都是直到參加前天的七王會議才初次聽說。

儘管如此，當下卻有一股情緒從內心深處湧上，而最接近這種情緒的字眼是「懷念」。

「……我……我……」

春雪仍然沒有意識到自己在說什麼，繼續說下去：

「我看過那道光……」

「……！」

站在春雪左邊的兩個小個子虛擬角色倒抽一口氣。看到他們示意詢問的視線，春雪拚命翻著記憶述說：

「那次……對，那次……一樣是在無限制中立空間……是我第一次修練『心念系統』的時候。當時Raker師父把我從東京鐵塔遺址的頂端推下來……要我徒手爬上去……」

聽到這件事，謠輕聲嘆了口氣。同樣在Sky Raker手下吃了不少苦頭的她，想必覺得心有戚戚焉，但現在春雪沒有心思去揣測她的心情，只是以沙啞的聲音說下去：

「…………剛開始，我連想在牆上打出個痕跡都辦不到，但每天用手刀刺著刺著，慢慢就練到指尖刺得進去……沒過多久，我已經可以將手指全部埋進去……一個禮拜後，我開始攀爬高塔。當時心無旁鶩，只想著左右手交互突刺，花了好幾小時爬牆……有時候……就會看到那道光……可是，我總覺得那不是物件……那道光……那道金色的光……」

說到這裡，春雪總算將視線投往Lead與謠。他看著聽得瞪大雙眼的兩人，以顫抖的嗓音說出最後一句話：

「——是人。而且他在呼喚我。」

接下來好一陣子，空間中只剩下沉默。

率先打破這片沉默的，並非在場三人的話語，而是突然從春雪視野中冒出來的一串深紅色文字。【DISCONNECTION WARNING】。斷線警告標示。現實世界的黑雪公主等人登出後已經過了三十秒，現在正要拔除春雪的直連傳輸線。

神經連結裝置的直連用插孔，是具備防水能力的非接觸型端子，因此即使XSB傳輸線即將拔出，連線也還能維持一小段時間。當然實際上只有零點幾秒，但換算成加速世界的時間之後，從警告標語出現起還會剩下幾十秒的空檔。

「啊……呃……」

突然被人從記憶的彼岸拉回來，讓春雪慌得只能一張嘴開開閉閉，於是謠冷靜地說：

「Lead兄，我們的同伴已經在現實世界發動了斷線保險措施。說來很對不起，不過我們得先登出超頻連線了。」

「好……好的，我明白了。」

看到年輕武士點點頭，巫女微微加快說話速度補充了幾句：

「由於這是從外界強制斷線，所以下次我們潛行到無限制空間時，又會在這個座標出現。我有個不情之請：如果可以，希望能在這裡再見個面。Lead兄下次可以潛行進來時，大概是現實時間的什麼時候呢？」

「我想想……」

Lead稍微頓了一下，隨即回答：

「那就兩天後……六月二十日星期四，下午七點整如何？」

「了解。多謝你的協助，感激不盡。」

謠鞠躬道謝，春雪也跟著行了個禮，這才總算擠出話來。

「我、我說啊，Lead，我也要謝謝你告訴我這麼多事。不過……我還有話想跟你說，也有事想問你，所以……很期待能跟你再會。」

視野中的斷線警告標語開始高速閃爍，相信在現實世界之中，XSB線應該就要從神經連結裝置上完全拔出了。聽到春雪這段情急之下拚命擠出的話，深藍色年輕武士眨了眨眼，接著微微露出夾雜多種情緒的笑容：

「我也一樣。能跟Crow兄還有Maiden小姐說話，我真的很開心。就這麼說定，後天在這裡不見不散。因為我也想跟兩位多聊聊。」

說著，這位有著奇妙名稱——Trilead Tetraoxide的少年退開一步，看了謠與春雪一眼。

他有如秋風般清爽的身影，終於被籠罩下來的黑暗遮住，再也看不見了。

5

回歸現實世界後，春雪最先意識到的東西，既不是陷進沙發那具物理身體的重量，也不是空調所帶來的溫暖空氣——而是碰觸他左臉頰的修長手指。

他猛然睜開雙眼。

在極近距離處，有片他幾小時前才在「禁城」內苑看過的美麗星空……不，那是一對漆黑的眼眸，有如星辰般的發光粒子點綴其中。

那雙眼緩緩眨了眨，小小水滴從長睫毛上灑出，融入空氣裡消失無蹤。同時，輕細的耳語聲傳來：

「……春雪，你回來啦。」

自己最敬愛的劍之主，「黑暗星雲」軍團長，黑之王「Black Lotus」——黑雪公主那豔光四射的美貌，讓春雪看得出神；他過了好一會兒才以沙啞的聲音回答：

「是，學姊……我回來了。」

春雪醒來的地方，位於現實世界杉並區北高圓寺某棟高層住商混合大樓的二十三樓二三〇五號房——也就是有田家的客廳。

春雪坐在靠南邊的沙發套組中央，黑雪公主則以左手撐在沙發椅背上，整個身體探到少年正前方，並將右手手指輕輕放在他的臉頰上。少女手上握著XSB傳輸線的插頭，銀色的線一路延伸到牆上的網孔。

這個網孔連接到有田家的家用伺服器。在這次的潛行作戰中，春雪等人並未如往常般以無線方式連通BRAIN BURST，而特地改用有線方式透過家用伺服器連線。由於黑雪公主從春雪的神經連結裝置上拔掉這條線，春雪與謠才能不透過「傳送門」就回到現實世界。

黑雪公主讓手指停留在春雪臉頰上，低聲耳語道：

「……你可知道這三十秒有多漫長？當我們在這兒乾等時，你跟謠可能還在『禁城』裡被公敵追殺……甚至一次又一次地死亡又復活……一想到這裡，我就坐立難安。」

意識到她說話聲帶有微微顫抖的瞬間，春雪也感覺到一股熱流直衝心口。

他挺直身子，深深吸了一口氣說道：

「學姊……那時候……『朱雀』將攻擊目標轉移到我身上時，我違背了妳的撤退命令，對不起。可是……可是我就是沒辦法……」

當時明明決心那麼堅定，想說一回到現實世界就要好好道歉，但實際回來之後，言語功能卻跟不上心意，讓春雪只能反覆地咬緊嘴唇又鬆開。

黑雪公主聽了這話之後，左手從沙發上移開，右手也任由傳輸線落到地上，接著以空出來的雙手輕輕抓住春雪雙肩。她那血色略淡卻顯得光澤動人的嘴唇，流露出有如睡蓮花苞綻放似的笑容：

「沒關係的，春雪。正因為你的性格如此，我才相信我能把自己跟軍團的命運都交到你手上。你連那可怕的朱雀火焰都能甩開，只是一心一意往前飛翔，我又怎麼能責怪你的這種勇氣呢……」

「……學、姊……」

春雪按捺住湧上心頭的東西，盯著黑雪公主的眼睛。他用力握緊雙手，拚命將滿腔情感化為言語：

「……學姊，我……我之所以飛得過去，全都多虧學姊一次又一次傲嘔耶……」

——好不容易來了句像樣的台詞，卻被後半段的口齒不清給糟蹋了。

因為分別從左右伸來的兩隻手抓住了春雪的臉頰用力拉扯。

「我說你們兩個喔，到底——」

捏著他左臉的千百合這麼一喊，捏著右臉的楓子便接著說：

「——要恩愛到什麼時候啦！」

三分鐘後。

地點從沙發轉移到餐桌前，南邊坐著春雪與謠，兩人正對面是拓武與千百合，西側黑雪公主，東側楓子，眾人就這麼圍成一圈坐下，不約而同地看了看當前時刻。

下午七點三十五分。

自「Ardor Maiden救出作戰」開始以來，現實世界的時間還過不到十分鐘，但就春雪的感覺而言，只覺得上回唸出潛行到無限制中立空間的「無線超頻」指令，已經變得像昨天發生的事那麼遙遠。

畢竟他實際上在「禁城」內補眠了六個小時，會有這種感受也是理所當然。而且他在睡眠時，好像看了一段極為漫長的夢。他總覺得不只經過了六個小時，簡直像體驗了好幾天……不，或許是好幾年份的記憶……

「——首先我要說，大家辛苦了。」

黑雪公主這句話打斷了春雪的思緒，因此他趕忙跟著眾人應了聲「辛苦了！」表示附和。

端起千百合泡的咖啡歐蕾啜了一口後，黑雪公主目光在眾人身上掃過一圈，繼續說道：

「『災禍之鎧淨化計畫』第二階段——『Ardor Maiden救出作戰』，很遺憾沒能獲得全面性的成功，責任全在於我沒能持續吸引『四神朱雀』的注意力——非常抱歉。」

軍團長說完便打算深深低頭致歉，然而五名下屬則是異口同聲地喊：「別這麼說！」

擔任副團長的倉崎楓子——Sky Raker隨即代表眾人發言：

「小幸，朱雀當時可是把目標轉移到根本沒有出手過的鴉同學身上啊，那種舉動誰也料不到的。當然現在想想，就可以推測出牠對於『入侵地盤深處』所加算的仇恨值(Hate)，一定比『對牠造成最大量損傷』還大……」

聽到這幾句話，黑雪公主先抬起頭來，隨即又雙目低垂，開始思索。

春雪戰戰兢兢地舉起右手，打破了短暫的沉默：

「師父……關於妳剛剛說的仇恨值加算，我想請教一下……」

所謂的「仇恨值」，就是以數值方式來解釋公敵如何選擇攻擊對象的說法。直接攻擊過公敵的超頻連線者自然不用說，就算是只進行妨礙類的間接攻擊、或是以自己的能力支援其他超頻連線者等行動，也會增加仇恨值。而公敵每次要進行攻擊時，就會盯上當時仇恨值最高的目標——一般情形下是這樣。

朱雀雖然有著「超級」、「四神」等響亮的封號，但終究不是人類(玩家)而是公敵，照理說也是基於這種仇恨值邏輯來選擇目標攻擊才對。這次朱雀會將目標從黑雪公主轉移到春雪身上，正是因為牠的仇恨值增減規則有經過特殊設定，往禁城南門接近所增加的仇恨值比直接出手攻擊還多，楓子發言的主旨就在於此，然而……

「是什麼問題呢？鴉同學。」

看到楓子甩動一頭輕柔長髮表示好奇，春雪的說話聲也變得畏畏縮縮：

「……有沒有可能朱雀……不，應該說包括朱雀在內的『四神』，都是透過比其他公敵更高度的AI在行動的呢？不，也不太像AI，該怎麼說……呃……」

拙於言詞的自己實在沒辦法好好表達腦中思緒，這種搔不到癢處的感覺讓春雪一張嘴又開又閉，就在這時……

坐在他右邊的四埜宮謠，本來一直捧著唯一裝了熱牛奶的杯子，這時卻突然將杯子放到桌上，雙手在空中舞動。

一串櫻花色字體以驚人的速度，從顯示在春雪視野下方的半透明視窗上跑過。

【UI＞我想有田學長大概是想說，四神是不是具有超出了AI範疇的真正意志。】

「沒……沒錯，就是這樣！」

春雪連連點頭，接著才察覺到自己的意見有多麼荒唐；因此他立刻縮起脖子，準備承受來自四周的傻眼光束攻擊。

——但而令他意外的是，圍坐在餐桌前的眾人裡，沒有一個人發出笑聲或嘆息。就連理應沒有直接看到朱雀的拓武，也瞇起了無框眼鏡下的雙眼思索。

寂靜之中，謠的十指再度輕快地敲打投影鍵盤：

【UI＞至少有一點可以肯定——跟導致第一代黑暗星雲垮台的「四神攻略戰」那時候相

比，朱雀的行動機制已經有了改變。兩年半前那場戰鬥，朱雀無疑是優先鎖定對牠造成最大損傷的目標。不知道幸幸跟楓姊在西門碰上的「白虎」是不是這樣？】

「……謠謠說得沒錯。」

楓子點點頭，輕聲附和。

「白虎也一樣。根據我的記憶，上次戰役中牠根本不管攻擊對象的位置，始終只挑主攻團隊攻擊。」

「嗯……錯不了。正因為這樣，最後我才能拿自己當誘餌，掩護其他團員撤退。」

坐在楓子對面的黑雪公主答完，瞇起雙眼說下去：

「然而……這次朱雀的舉動，也包括了一些沒辦法只從仇恨值增減來解釋的部分……話雖如此，但牠看起來也不像有第三者在遙控，或是行動機制有了異狀……」

她說到這裡，坐在春雪正對面的拓武右手托住下巴開了口：

「可是軍團長，這麼一來簡直……是在說朱雀看穿了我們這次的目的不在於打倒牠，而是要救出四埜宮同學啊。若真是這樣，那不就遠遠超出了ＡＩ程式的領域……變成像小春說的那樣，已經是一種具備洞察力的『知性』了嗎……」

又是好幾秒的沉默。

過了一會兒，黑雪公主輕舒一口氣，微微一笑，接著她以壓得更低的嗓音說：

「……現在這個疑問可沒有解答啊。不過，我還是先補上一項情報吧。朱雀在我的心念攻擊下有了反應而開始前進，但在牠即將把目標轉移到春雪身上之際……我想我看到了——那隻鳥張開了嘴，簡直像在嘲笑我似的……」

——沒錯。

春雪也覺得自己確實聽見了牠在說話。朱雀在即將噴出火焰之際，發出了無聲的話語。渺小的人類啊，給我化成灰吧。

「——可是啊！」

低頭思索的眾人之中，第一個抬起頭的千百合活力充沛地說了：

「管他那隻鳥有什麼意志還是知性，不對，就算牠是真的神好了，我們也沒有挨打不還手啊！作戰雖然算不上全面成功，卻也沒完全失敗對吧，黑雪學姊。大家想想……不管是小春還是小謠，都還活著啊。不但活著，還闖進了那道城門裡面呢——小春，是不是？」

千百合將上半身探到桌子上，以握緊雙手的姿勢這麼大喊，那對貓一般的眼睛閃閃發光。

「我受不了了啦！『禁城』裡面到底長什麼樣？發生什麼事了？快給我說出來，從頭講到尾，一個字都不能漏！」

這突如其來的審問讓春雪嚇得眼睛亂翻，坐在他左邊的黑雪公主發出笑聲：

「哈哈哈……千百合學妹還是老樣子愛投直球啊。一想到肯定有滿坑滿谷的超頻連線者願意付上十……不，一百點的代價來聽這些情報，就連我都忍不住自制了一下呢。」

「呵呵，的確。想到踏進固若金湯的『禁城』、成功拿回內部情報的超頻連線者近在眼前，我的心臟也是從剛剛開始就噗通噗通跳個不停呢。」

楓子說著也用誇張的動作按住胸口。

春雪右臉頰露出略顯複雜的微笑，跟坐在身邊的謠對看一眼。這個小學四年級就當上前黑暗星雲「四大元素」之一的少女歪了歪頭，表示一切由他決定。

仔細想想就會發現，如果想用文字描述「禁城」裡發生的所有事情，要打的字大概會多得讓她打到手指抽筋。春雪做好「這個時候只好由我來說！」的覺悟後，朝時鐘再看了一眼，先來了段開場白：

「呃……如果要從頭講到尾，我想會花上很多時間……大家會不會趕不上門禁？」

現在是星期二晚上，時間接近八點；但包括讀小學的謠在內，沒有一個人搖頭。

通過禁城南門後，有條鋪著石子的大路筆直往北延伸，路上有大群武士型公敵巡邏。巨大的「本殿」裡有無數重畫著絢麗浮世繪的紙門，正中央有個寬廣的大房間，裡頭設置了兩個台座。北斗七星的牌子上刻有兩個名字。「THE DESTINY」以及「THE INFINITY」。

春雪說到這裡，發現黑雪公主與楓子似乎驚訝地對看了一眼。但兩人都沒有插嘴，而且接

下來才是最核心的部分，所以春雪也沒放在心上，繼續說下去。

大房間裡突然有個深藍色的年輕武士型虛擬角色向他們搭話。

他帶領兩人走下樓梯，抵達一個廣大的地下空間。

一團黃金光芒在遠方搖曳，那就是第七件神器「THE FLUCTUATING LIGHT」——

途中謠不時補充說明，好不容易說到最後兩人透過斷線方式離開無限制中立空間，已經足足過了三十分鐘以上。

春雪鬆了口氣，端起第二杯咖啡歐蕾喝完，其間沒有一個人說話。等春雪將馬克杯放回桌上後又過了幾秒鐘，黑雪公主才輕聲說道：

「……第五件神器『THE INFINITY』的擁有者……『Trilead Tetraoxide』……楓子，這名字妳聽過嗎？」

楓子身為成員中與黑雪公主並列最資深的超頻連線者，對這個問題卻搖了搖頭：

「不，無論是強化外裝還是超頻連線者本身，我都是第一次聽到。而且，就連『Trilead』跟『Tetraoxide』這兩個英文單字我都不懂。只覺得……聽起來有點像是分子式……」

這單字連在場唯一的高中生都不知道，其他五名中小學生更不會曉得。

「就查查看吧。」

拓武推了推眼鏡的橫樑這麼說，同時手指在虛擬桌面上滑過。他的搜尋技能果然不簡單，似乎不到十秒就發現了要找的單字，隨即抬起頭說：

「Raker姊說對了，這是分子式……是『四氧化三鉛』。」

——只不過就算聽到他這麼說，還是很難想像這到底是什麼樣的物質。春雪皺起眉頭，向坐在對面的拓武小聲地問：

「阿拓，鉛這種東西，這個，應該算金屬……對吧？」

結果好友以格外溫和的笑容說了聲「是啊」。看樣子自己問了很蠢的問題，春雪清清嗓子掩飾尷尬，擺出嚴肅的表情說：

「可是他……Trilead看起來一點都不像是金屬色啊。該說是澄澈的藍色還是深藍呢……包括武裝在內，他整個人像個徹頭徹尾的藍色系……」

春雪想起年輕武士英姿煥發的模樣，納悶地思前想後；左邊的黑雪公主雙手在桌上合攏，做出結論：

「不管怎麼樣——眼下我們的當務之急並不是解開『禁城』的謎，而是讓謠跟春雪脫身。要是沒辦法在下個星期天之前，淨化寄生在Silver Crow身上的『災禍之鎧』因子，春雪就會變成加速世界榜上排名第二的通緝犯了。」

說著她朝春雪瞥了一眼，臉上閃過一抹微笑。

「……當然，即使演變成這種情形，我也不會眼睜睜看著你被人獵殺喔？」

「……學姊……」

看到他們又準備進入深情對望模式，千百合拍響雙手說：

「好，卡卡卡！這麼說來……黑雪學姊，自從聽到懸賞這件事以後，我心裡就一直有個疑問……」

「什、什麼疑問呀，千百合學妹？」

黑雪公主刻意清了清嗓子，千百合則朝著她攤開雙手問：

「說實在的，六王究竟打算怎麼檢查寄生在小春身上的『災禍之鎧』有沒有淨化掉？畢竟又不能查看別人的物品欄，而且『鎧甲』根本就沒有顯示在物品欄裡面吧？」

「啊……對、對喔……」

出聲的人是春雪。身為當事人卻完全沒想過這個過於理所當然的疑問，只能說他實在太大意了。

看到春雪這種模樣，黑雪公主微微苦笑，隨即正色說道：

「我想，星期天的聚會上應該會有『能查看他人狀況』的超頻連線者出現。那些王應該是打算讓這個人來檢查Silver Crow淨化完畢與否吧。」

「……應該，就是這樣吧……」

坐在她對面的楓子緩緩點頭，平常總是笑嘻嘻的雙眼閃過銳利的光芒：

「——我也認為『四眼分析者(Quad Eyes Analyst)』應該會於多年後再度現身。」

想來這應該不是超頻連線者的正式名稱，而是綽號。但當春雪聽到這個名字的瞬間……

他覺得腦幹似乎抽搐了一下。

這個名字春雪肯定是第一次聽到。別說名字從沒聽過，他就連有「可以查看別人的狀態」這種能力都不曉得。然而記憶深處卻頻頻刺痛，而且這種感覺一路蔓延到中樞神經，沿著脊髓抵達背上的某個定點。

刺痛與一陣陣悶痛同步，遠方傳來有人說話的聲音。

……毀了他們……

……毀了他們，吃了他們……解放……我的憤怒……

忽然有個柔軟的物體，碰了碰他在不知不覺間握得指甲都掐進手掌的右手。

仔細一看，坐在身邊的謠，從桌下伸手輕輕按住了春雪的拳頭，一對大眼睛裡微微露出擔憂的神色。

春雪趕忙張開雙手，點點頭表示自己沒事。所幸其他四人還在談論「淨化」檢驗的問題，似乎並沒有發現春雪的異狀。

「……在最壞的情形下，不是可以乾脆請Ardor Maiden在禁城裡『淨化』Silver Crow，好趕上星期天的聚會嗎？」

聽到拓武這麼發言，謠以抽回的雙手敲打投影鍵盤回答：

【UI＞我想這並非絕對不可能，但我希望盡可能避免在禁城內發動大規模的心念技能。散發的心念波動太強，會有引來高階公敵的危險。】

「唔……公敵層級愈高，對於心念攻擊的抵抗力愈大，同時對於使用心念技能者的攻擊性也會隨之增強啊。我想，心念系統所造成的局地性系統異常負荷，多半會導致他們的仇恨值異常增加……既然那些公敵能夠擔任禁城的戒備工作，我們便應該假設他們對心念的反應也會較為敏銳。」

黑雪公主補上這幾句註釋之後，在椅子上挺直腰桿環視眾人，繼續說道：

「——我們還是得讓Silver Crow和Ardor Maiden在星期天以前離開禁城才行。雖然對方來路不明，但為了達成目的，我認為請這位叫做『Trilead Tetraoxide』的超頻連線者協助，應該是最好的方法。謠、春雪，你們星期四去見他的時候幫我帶個話，說我以黑之王與黑暗星雲的名譽保證，願意付出任何代價來答謝他的協助。」

此時已將近九點十分，黑雪公主補上一句「今天的任務到此告一段落」便結束發言。

放學後先回家開了車過來的楓子負責送謠與黑雪公主回家，於是她們三人先搭上了通往地下停車場的電梯。接著千百合也捧著先前排滿了三明治的大盤子，大步跑回就在兩層樓下的家。二十三樓的走廊上只剩下春雪與拓武。

「那麼小春，我們明天學校見了。」

說著，拓武就開始朝通往大樓分棟的聯絡通道走去……

「阿拓……你可以再待一下嗎？」

春雪小聲叫住了他。

接著對歪著頭轉過身來的兒時玩伴吞吞吐吐地問：

「問一下……你這一週以來，大概打了幾場『對戰』？」

「咦……？嗯～我放學回家都會打個兩三場……我想合計應該不到十場吧……」

拓武回答完後似乎猜到了什麼，於是他眨眨眼放低聲音說：

「嗯……昨天我跟小千說過，就算小春你被人懸賞，我們也會供應你點數。如果你要問的是這個，那儘管放心吧。我的勝率是沒什麼變，不過最近小千的本事進步得可快了。要是太鬆懈，搞不好連等級都會被她追過去呢。」

拓武說出這些台詞的同時，露出了自嘲的笑容。春雪趕忙搖頭：

「不、不是啦，我不是要講這個。呃……阿拓，你在這十次的對戰裡……有沒有發現什麼不對勁的地方……？」

由於這問題實在太含糊，讓拓武露出訝異的表情，但他隨即露出淡淡苦笑。

「你這個問題本身就已經顯得很不對勁了。你只問有沒有不對勁，我連到底該想起什麼都不知道啊。」

「啊……啊啊，這也說得是……」

春雪搔搔頭，跟著不好意思地笑了笑。

他想問的問題，具體來說就是「跟你打的超頻連線者有沒有用過超出正規對戰範疇的招式或能力」。說得再詳細一點，就是「有沒有使出籠罩在黑色鬥氣之中的近距離或遠距離心念攻擊」。

昨天星期一放學後，春雪與四埜宮謠一起在杉並第二戰區搭檔進行對戰。

對手是由綠色軍團旗下的「Bush Utan」以及「Olive Glove」組成的搭檔。那時春雪負責應付Utan，起初他靠著黑雪公主傳授的「以柔克剛」，也就是「四兩撥千斤（Guard Reversal）」的手法，慢慢佔到上風。

然而打到一半，Utan召喚出奇妙的強化外裝之後，三兩下就扭轉了局勢。面對以籠罩著黑暗鬥氣的拳頭「黑暗擊（Dark Blow）」以及從手掌發射黑暗光束的「黑暗氣彈（Dark Shot）」這兩種心念攻擊，春雪根本無計可施，很快就被逼得退無可退。若不是跟謠搭檔，不難想像他會就此落敗。

當時Utan將那個裝備在胸部的黑色眼球型強化外裝稱為「ISS套件」——也就是所謂的

「心念系統學習套件（Incarnate System Study Kit）」，還說是有人送他的。

如果只要裝上這種套件，立刻就能使用本來應該需要經過長時間修練的心念系統，這可是足以撼動加速世界根基的大事。春雪想到這一點，於是在今天上學時找上算是Utan老大哥的機車手「Ash Roller」進行封閉式對戰，向他說明情形，結果Ash Roller以難得一見的嚴肅口吻告訴春雪一件事。

如果這「ＩＳＳ套件」可以無限複製，也許一切都已經太遲了。也許這種套件在暗中的不斷散播之下，數量已經多到無法處理。

所以從某種角度來看，ＩＳＳ套件這件事可說比寄生在春雪身上的「災禍之鎧」因子更加重大。今天開始進行「Ardor Maiden救出作戰」的會議中，春雪本來可以提出這個議題，不，就連幾分鐘前黑雪公主宣告今天就此解散的時候，他也還可以舉手發言。

但春雪沒有這麼做。理由之一，當然是他認為應該讓大家先專注於進行救出作戰。

但他覺得沒有這麼單純。他覺得自己有種念頭，不想讓這群伙伴知道ＩＳＳ套件的存在。該說的話卻說不出口。或許就是這種內疚讓春雪叫住了拓武。

他心想，如果是拓武這個好友，這個曾經跟他互相吐露真心話、曾與他認真用拳頭交心、更在「Dusk Taker」事件中共同撐過那場艱難考驗的好友，或許這次也會願意一起背負春雪不知不覺間多出來的重擔。然而……

在昏暗的公共走廊角落，春雪抬頭看著這位高個子兒時玩伴的臉想重新說明一切……但這個瞬間，他卻感覺到心中有個東西在對自己的嘴踩煞車。

……為什麼？我為什麼會猶豫？

……他可是阿拓啊。是我獨一無二的好友，更是和我在軍團裡一起擔任前鋒的好搭檔。他老是冷靜地幫助做事瞻前不顧後的我，是最優秀的搭檔。要說誰最適合當作第一個商量ＩＳＳ套件這件事的對象，再也沒有哪個人選比阿拓更合適了。

——但我為什麼會覺得這麼不安？

春雪繼續看著表情轉為訝異的拓武，深吸一口氣，強壓下不明所以的紊亂思緒。

「其實……」

即使已經開了口，舌頭仍然僵硬，喉嚨仍然發麻。春雪拚命忽視這些感覺說下去：

「其實啊，阿拓，加速世界……搞不好正在發生一些怪事。這件事說來話長，進我家再慢慢說吧。」

兩人回到春雪家的客廳後，春雪拿咖啡壺裡剩下的咖啡潤著喉嚨，同時忘我地說著，心口那種詭異的不安這才總算消失。

Bush Utan、ＩＳＳ套件，以及籠罩著黑暗波動的心念攻擊。

拓武聽完這些後，撐在桌上的雙手交握在一起抵著額頭，沉默了好一會兒。等漫長的寂靜讓春雪開始覺得不安時，他才總算抬起頭來。

鏡片後那兩隻眼睛裡唯一存在的，就是他一貫的理智光輝。春雪莫名地覺得鬆了口氣，問說：「你怎麼看？」

「……嗯……老實說，我不太能切身感受到嚴重性啊……」

拓武低聲說道，接著喝了口冷掉的咖啡。

「我自認在跟紅之王修練過後，好歹知道要學會『心念系統』究竟有多艱難。當時光是要練到能接住自己的刺樁，就已經不知道在左手上開出多少次大洞了。」

拓武的虛擬角色「Cyan Pile」的心念招式叫做「蒼刃劍（Cyan Blade）」，冠有與角色同樣的顏色名稱。這種招式要以左手接住裝在右手上的強化外裝「打樁機」所射出的鐵樁，並將其拔出來變成長劍。要接住象徵自己精神創傷的鐵樁，不但需要反覆練習，更必須正視令人難受的記憶。

「是啊……我也是練到天昏地暗，才練到可以打穿東京鐵塔遺址的牆壁。心裡還一直唸著要快，快還要更快……」

談起修練過程，兩人不約而同地望向遠方。由於種種因素，他們當初找上了「日珥」軍團的首領紅之王Scarlet Rain來傳授拓武心念系統，想來她的斯巴達教育，比起教導春雪心念的師父Sky Raker也不遑多讓。

費了這麼大工夫，春雪與拓武才好不容易分別學會了「強化射程」與「強化威力」這些最基礎的心念技巧。

「……可是，你說這ＩＳＳ套件只要裝上去，就可以同時學會使用強化威力的『黑暗擊』跟強化射程的『黑暗氣彈』……沒錯吧？」

拓武以沙啞的嗓音說到這裡，目光落到自己的左手上，嘴角露出春雪沒看過幾次的笑容……

「……不管多麼努力，碰不到的東西就是碰不到，這就是BRAIN BURST的大原則……至少我一直這麼以為。對戰虛擬角色會以明白得甚至有些殘酷的方式，讓玩家知道自己的極限在哪裡，所以這個遊戲才能成為另一個現實……」

「……阿拓……？」

這番話有點唐突，讓春雪有些疑惑。拓武驚覺地抬起頭來，然而他的嘴邊只剩下一貫的理智微笑：

「啊，抱歉，別放在心上——如果這種強化外裝正到處散播，那麼事態的確十分嚴重，不管是『對戰』還是『領土戰爭』都會失去平衡。」

「就……是說啊。」

春雪點點頭，甩開沒來由的異樣感覺說下去：

「光是在一般對戰裡有人拿出心念攻擊來用，問題就已經夠大了，那種力量太萬能了。老實說……像我們這種心念初學者根本對抗不了。前天的『七王會議』上，也有人覺得該視狀況把心念系統的存在完全公開，告訴所有超頻連線者……可是一旦ＩＳＳ套件全面散播開來，事到如今才從初步學起心念招式，真的還有意義嗎……這簡直像是……」

「簡直像是被人算準了下一步先發制人？」

拓武精準地說中了春雪想講的話，並以更加嚴肅的表情將推了推眼鏡。

「可是小春，如果真是這樣，也就表示在一週前的『赫密斯之索縱貫賽』裡展現心念系統威力給大批觀眾看的那些人，正是這次散播ＩＳＳ套件的幕後黑手……」

「啊……」

先前絲毫沒想到這個可能性的春雪突然起身，碰得椅子喀噹作響。他瞪大雙眼，輕聲說出拓武暗指的組織名稱：

「……『加速研究社』……？」

「從頭回想看看吧。這些人初次現身是今年四月，當時『Rust Jigsaw』與『Dusk Taker』分別巧妙地運用違法的腦內植入式晶片（BIC），從梅鄉國中校內網路與秋葉原對戰場展開攻擊。搞不好，這群人也以同樣手法在其他封閉式網路搗亂。」

儘管只是暫時，但那名「掠奪者」確實曾經逼得春雪等人完全屈服；想到他的厲害手段，春雪在點頭之餘，也不由自主地全身發抖。然而這麼一回想，很快地就找到了幾個當時沒發現的疑問。

「可是啊……阿拓，仔細想想就覺得很奇怪。在四月時，他們兩個都沒有主動施展心念攻擊。像Dusk Taker是在對戰中被你逼得無路可退，才祭出了紫色波動……Rust Jigsaw更是一直到最後都沒施展。照那些人的作風，大可從一開始就直接拿出心念技全力攻擊啊……」

「我想應該有人限制他們才對。不過我認為上頭之所以會限制他們，當然不是為了紅之王還有Raker姊所言『濫用心念將導致喚來黑暗面的危險』這種理由。」

聽到拓武這麼說，春雪再次深深點頭。

心念系統所表現出來的力量，可以按照數學上的XY軸概念，劃分為四個象限。

X軸是想像的廣度——也就是針對個人，還是針對整個世界，而Y軸則是想像的明暗——也就是想像源自於希望還是絕望。這樣一來，右上的第一象限就是「以範圍為目標的正向心念」、左上的第二象限則是「以個人為目標的正向心念」，左下第三象限是「以個人為目標的負向心念」，而右下的第四象限則是「以範圍為目標的負向心念」。

春雪的「光線劍(Laser Sword)」、拓武的「蒼刃劍」，以及黑雪公主那層次遠遠不同的「奪命擊(Vorpal Strike)」，幾乎所有攻擊型的心念技能都分類在第二象限，因為這些技能都是以「自己心中的希望」為來源。儘管任何心念的源頭都是「精神創傷」，但要從這深淵中汲取出希望，還是落入絕望的黑暗之中，則由當事人自己選擇。

另外，儘管十分稀有，但也有超頻連線者能夠運用第一象限的心念，像楓子那招可以保護自己與周圍同伴的「庇護風陣（Wind Veil）」就是最好的例子。還有春雪雖然不知道正式名稱，但謠那招以燎原大火焚燒廣範圍的心念攻擊，多半也屬於這一類。因為受到那種火焰焚燒的Bush Utan沒有感覺到絲毫痛楚。那是能夠驅走痛苦的「淨化之火」。

然而，並非所有心念表現出來都是這種正向的力量。

例如Dusk Taker那沒有特定名稱的「紫色波動」就是個例子。那種招式能削下任何物件，將其吞噬到虛無之中，屬於第三象限——也就是以內在絕望為能量的黑暗面攻擊力。

最後是Rust Jigsaw的「鏽蝕秩序（Rust Order）」。

他召喚出直徑達一百公尺的紅鏽風暴，讓範圍內的一切事物都遭到腐蝕而崩解，正是第四象限的力量。那是一種源自對整個世界的絕望而創造出來的末日心象。

說穿了，加速研究社那兩個人從一開始學的就是負向心念，他們的師父自然沒理由擔心他們落入黑暗面。

「……也就是說……他們會被限制不准動用心念，是有更具體的理由了……？」

對於春雪這句小聲的質疑，拓武緩緩點頭：

「我想應該是……不過上週他們來『赫密斯之索』鬧場時，Rust Jigsaw一現身就施展了心念攻擊，不，那已經不能用施展這個說法形容了……畢竟別說其他車隊，連多達數百人的觀眾都被牽扯進去，讓大家親身體會到了心念攻擊的可怕。而且當時連自稱『加速研究社』副社長的『Black Vise』也在場，所以我們應該把那次大規模攻擊當成他們組織的意思。」

「可、可是，如果真是這樣，才短短兩個月，大方針會不會轉得太快？四月還保持低調，六月反而大肆宣揚……」

聽在桌上揮著雙手的春雪說到這裡，拓武頓了一瞬間，這才靜靜地回答：

「這應該就表示……他們在這兩個月內做好了準備。」

「準、準備？什麼準備？」

「……就是散播『ＩＳＳ套件』的準備啊。」

「——！」

春雪的椅子再度撞得喀噹作響。

兩人就這麼默默對看了幾秒。拓武失去血色的臉頰變得比平常還要白，春雪心想自己的臉色多半比他更蒼白。

過了一會兒，拓武喝完最後一口完全冷掉的咖啡，開口說道：

「如果剛剛的推測是事實，那對方的計畫實在只能以周詳來形容啊，感覺得出他們下每一步棋之前，都充分考慮到了接下來會演變成什麼樣的局面——首先藉由赫密斯之索的大規模攻擊，在許多觀眾眼前展現出心念系統那沒天理的威力；緊接著他們開始散播ＩＳＳ套件，說是

『輕鬆學習心念的裝置』。本來這種強化裝置來路不明，資深超頻連線者應該會猶豫，但在情急之下，還是會忍不住染指……」

春雪腦中再次響起昨天Bush Utan那有裂痕的說話聲。

——ＩＳ模式就是有這麼離譜的力量，有能把BRAIN BURST規則一腳踢開的終極力量。可是有些卑鄙的傢伙明明知道這種力量，卻一直隱瞞不說。

Utan這段獨白中，有的不只是恐懼與焦急，更蘊含了一股針對過去隱匿心念系統存在的人們——當然也包括春雪在內——所抱持的強烈反感。有了這些情緒能量，相信已經能形成足夠的動機，讓他們去碰那外觀十分駭人的「黑色眼球」。

春雪嘴角僵硬，戰戰兢兢地問好友：

「……那麼，阿拓，那些人的最終目的是讓ＩＳＳ套件在整個加速世界蔓延開來嗎……還是說……？」

「還有『下一步』？」

拓武輕聲接了下去，凝視著杯底朝天的咖啡杯微微點頭：

「要判斷這一點，資訊實在不夠啊。我也得親眼看看這ＩＳＳ套件才行……」

「…………」

春雪還來不及回應，拓武便朝顯示在視野右下方的時間瞥了一眼，站起身子說道：

「小春，令堂也差不多要回來了吧？今天就先到此為止吧。」

「啊……」

聽他這麼一說，春雪才發現不知不覺間已經快十點了。春雪的母親在外資開設的投資銀行工作，上班與下班都很晚，但也差不多到了她回家也不奇怪的時間。當然就算在這個時間看到拓武還待著，母親也不會生氣，但總不能繼續光明正大談論BRAIN BURST的話題。

春雪跟在正要走出客廳的拓武背後，小聲問出最後一個問題：

「我說啊，阿拓，這件事……最好還是跟黑雪公主學姊她們也說一聲……對吧？」

「……………那當然了。」

拓武在玄關前轉過頭來這麼回答時，臉上只看得到一貫的理智表情，所以春雪也忘了他答話前那段稍微長了點的沉默，連連點頭說道：

「說的也是。那……學姊那邊明天由我去講。幸好禮拜四才要去禁城，明天一整天都沒什麼事要忙。」

「……」

拓武聽了後再度沉默，彷彿覺得有什麼東西太炫目似的瞇起了眼睛。當春雪訝異地揚起眉毛時，他便笑著解釋：

「唉，小春你說『潛到禁城』這句話說得太乾脆啦。我在想你這小子還是老樣子，一衝下去就是直衝到底啊。」

「哪、哪裡，也還好啦……」

「哈哈哈，我可不是在誇你。」

拓武伸出右手輕輕推了推春雪的肩膀，穿上鞋子，正色補上幾句話：

「——ＩＳＳ套件這件事，我會用我的方法試著收集情報。」

「……啊、好，就麻煩你了。不過……你可別太胡來啊。」

說完，春雪覺得有點不可思議，不明白自己為什麼會說出這種話。畢竟一向都是春雪在胡來，拓武負責制止。

拓武似乎也在想同一件事，再次微笑點頭。

「嗯，我知道——那我們明天學校見。」

「嗯……明天見。」

好友對春雪輕輕舉手致意，打開門後溜到昏暗的公共走廊上。

聽著門再度關上的自動上鎖聲，春雪再次意識到那種感覺又回到心中。

——我本來不想跟他說。不應該跟他說的。

這是錯覺。跟他商量是對的。畢竟就是因為跟拓武商量過，才能注意到ＩＳＳ套件的來源可能是「加速研究社」。只要在明天放學後跟黑雪公主說一聲，她一定會像平常那樣給出正確的方針。

春雪用力握緊雙手，強行將自己的這種想法歸納成結論，接著走回客廳，開始將各種杯盤拿到廚房清洗。

6

翌日，六月十九日，星期三。

春雪微微打開母親寢室的門說聲「我上學去了」，讓母親把五百圓午餐費儲值到他的神經連結裝置裡。接著他坐電梯下到一樓，沿著會從住宅大樓東邊通過的環狀七號線人行道走去。

前幾天在社會科的課堂上曾看到一段影片，裡頭記錄了春雪等人居住的杉並區多年前的景象。想來那應該是在本世紀初——二〇一〇年左右用攝影機拍的，因此不是可以完全潛行的3D影片，而是平面影片。然而那實在太過雜亂的街景，仍然為學生們帶來相當大的震撼。

那感覺跟現在秋葉原半刻意營造的電子混沌不太一樣，是種由積累歷史與居民生活融合而成的生活感。環狀七號線是東京都心最大規模的幹線道路，但就連這條路的沿線，都還散落著小規模的個人商店與一般住宅。

當然現在只要走進小巷，還是看得到許多小小的透天住宅或公寓，但至少環狀七號線與青梅大道等幹線都已經拓寬到幾乎有四十年前的兩倍，道路兩旁也盡是大規模的商業設施與高密度住宅，不然就是清爽的綠地。高圓寺站與其附近如今也少了往日雜亂的熱鬧，成了以高架行人平台連接周邊設施的融合型多層設施。

而春雪另外還發現了一個不醒目但有著重大意義的變化。

日常生活中除了住家室內以外，任何地方都一定會看到一樣東西。由於數量太多，人們甚至不會去意識到這種直徑約五公分的黑色半球或球體——「公共攝影機」。在這段過去的記錄影片中，看不到一架這樣的攝影機。

這種全自動化監視攝影機網，大約從二〇三〇年中期開始整建，這也是在課堂上學到的。據說從攝影機網完成後，在公共空間的犯罪發生率遽減。考慮到攝影機驚人的性能，會有這種效應也是理所當然。畢竟這種系統一旦在拍攝範圍內捕捉到任何不合法的現象，就會自動辨識出來，並在通報有關當局的同時持續進行追蹤。當然並不是多麼雞毛蒜皮的小罪都會毫無例外地發展到逮捕與起訴，但舉例來說，如果在攝影機視野內亂丟煙蒂或是空飲料罐，隔天就會收到行政單位寄發的警告郵件，到了月底則會自動從銀行戶頭中扣除罰款金額。

像這種極為高度且複雜的影像處理，到底是在哪裡進行、又是用了什麼樣的系統來執行，一向是最高級的國家機密，國民完全不知情。而政府唯一公諸於世的資訊，就只有設施的名稱——「公共安全監視中心（Social Security Surveillance Center）」，縮寫為「ＳＳＳＣ」。就連那個能幹的黑雪公主，也說自己只能猜測這個中心的所在地，沒有任何根據，當然春雪更是連猜都無從猜起。

在中央線高架軌道前方自環狀七號線往右彎後，便到了不停傳來電車行駛聲的通學路上。

邊走邊留意周遭，就看得出舉凡電線桿、路燈、紅綠燈到交通號誌，每一個角落都處在公共攝影機的俯瞰之下。老實說心裡還真覺得不太舒服，但如今這個系統對春雪來說，已經不只是用來維持治安的設備了。

額外作用當然就是「BRAIN BURST」。

ＢＢ程式輕而易舉地入侵這理應擁有最高水準防護的公共攝影機網路，並從拍攝到的超高精度影像中，創造出寫實性足以媲美現實世界的３Ｄ空間。對超頻連線者來說，對戰虛擬角色之所以能成為另一個自己、加速世界之所以能成為另一個現實，最重要的大前提就在於對戰空間有著壓倒性的資訊量。

但這個對遊戲玩家來說堪稱仙境的系統，卻也有唯一的一個負面因素存在。

春雪一年級時，曾經遭到三名同班同學嚴重霸凌，五百圓的午餐費幾乎每天都被敲詐走，換成三人份的麵包與飲料，而且對方還強迫春雪送去他們位於屋頂角落的聚集處。春雪拒絕時自然不用說，就連指定的麵包已經賣完而買不到時，也會被他們毫不容情地又踹又打，還得把臉貼在水泥地上下跪求饒。

這種行為不只違反校規，甚至可說是明確的犯罪。這三人之所以能維持這樣的行為長達半年之久，部分原因固然在於春雪太過懦弱而不敢向級任老師或學校當局報告，但他們三人選擇的集會地點也是個關鍵——第二校舍屋頂西端的換氣裝置後面，是校內少數的「公共攝影機死

角」。看來這些不良學生之間有在流通攝影機死角地圖之類的資訊，會細心選擇所謂的「安全地帶」來反覆進行霸凌行為。不只是不良學生，成年罪犯也懂得這樣的理論。

但攝影機的配置當然也不是永遠不變。像學校這種半公共空間的更新速度會比較慢，但換成鬧區巷子之類的地方，則會以驚人的頻率追加或變更攝影機位置，就算是職業罪犯也幾乎不可能隨時掌握攝影機死角。

只不過，這裡卻有群人只需要一秒，就能在任何地方完美辨識出「攝影機死角」所在。

這些人就是超頻連線者。他們只要唸出一句「超頻連線」，以完全潛行方式進入藍色澄徹的「基本加速空間」就夠了。

在那個世界裡，凡是存在於攝影機網路拍攝範圍內的事物，都會按照現實中的模樣呈現，但對於拍攝範圍外的物品，系統則會進行「推測補完」。具體來說，就是會呈現出沒有什麼細節的光滑物件，所以一眼就能看出攝影機拍不到這些地方。

這種連勢力範圍廣大的黑幫老大都得不到的「特權」，促使極為少數的一部分超頻連線者走向某種犯罪行為。

這群人稱為「物理攻擊者（Physical Knocker）」，縮寫為ＰＫ。他們會以多人緊盯現實身分曝光的超頻連線者，挑攝影機拍不到的地方展開襲擊。早期是直接找不顯眼的地方，近年則是將目標監禁在車內之類的空間，以暴力逼迫對方進行直連對戰。由於直連對戰並沒有「一天一場」的限制，因此一旦陷入這種狀況，就只能一再地故意打輸。現實時間短短幾秒鐘之內，便會被搶走大量的點數，三兩下就會被搾乾，因而導致BRAIN BURST程式強制反安裝。這種手法甚至比在無限制中立空間進行的「無限ＥＫ」更為殘酷，無異於當場宣告該玩家的超頻連線者生命就此終結。

因此黑雪公主吩咐過春雪，要他走在路上時多少留意攝影機拍攝範圍。就算會覺得有點不舒服也無妨，只要能在四周看見那種黑色球體，就表示自己是安全的。

而且，總不會在這麼一大早，四周還有著滿坑滿谷的學生與上班族來往的路上，就受到來自現實世界的攻擊才對。春雪打了個大大的呵欠，從虛擬桌面叫出今天的課表，打算姑且檢查一下有沒有忘了什麼該做的作業或該提出的報告——

事情就在這時發生了。有個人自人行道左方的高架軌道下光線昏暗處伸出手來，從後一把抓住春雪上衣的領子。

「咿嗚……！」

該該該不會是「ＰＫ」？竟然會挑在這種人來人往而且公共攝影機拍得到的範圍內光明正大出手？

春雪在內心嚷個不停，同時準備擺動雙手雙腳掙扎，卻聽到一個熟悉的嗓音悄聲說：

「嗨。」

就這麼一個音節，幾乎肯定是所有打招呼用語中最短的一句話。春雪不再掙扎，戰戰兢兢地轉過頭，看見一名年紀比他稍大的文靜女性——其中還散發著某種「非比尋常感」。

「……Pa、Pard小姐？」

春雪茫然地說出這幾個字，但對方什麼都沒回答——因為正解擺在眼前，回答了也沒有意義。看來她還是老樣子，貫徹以最短時間解決對話的個人主義。

總之，春雪姑且略過「這人為什麼會在這兒？」的疑問，維持衣領被揪住的姿勢回應：

「早……早安。」

對方在輕輕點頭的同時放開手，讓春雪微微騰空的腳跟碰到地面。少年這才鬆了口氣轉過身去，重新將對方全身納入視野之中。

她的髮型還是老樣子，將一頭黑髮中分並在腦後綁了根辮子，顯得相當樸素。然而她既不像第一次在練馬區櫻台蛋糕店裡見面時一身女僕裝，也不像後來在東京通天樹遇到時那樣以休閒T恤配上牛仔褲。現在她身穿有著純白衣領與三角巾的深藍色上衣，以及綴褶細小的同色百褶裙——說穿了就是水手服。

這種打扮本身並不稀奇。放眼望去，周圍往車站前進的大群學生中多得是類似的制服。

不過，當這裹在清純裙子中的纖腰，靠坐在外型有如大型肉食猛獸般低而猙獰的大型電動機車座位上，則又是另一回事了。由於整個組合實在太不搭調，人行道上接連有人投來驚訝的目光。

這輛機車停放的位置，就在從春雪通學路線鑽過高架軌道後往南穿出的一條小巷子入口。為了避免成為視線焦點，春雪朝巷子暗處踏上一步，思考該說什麼才好。

他並不清楚這名出現得十分唐突的水手服機車騎士本名叫做什麼。事實上，方才一不小心說溜嘴的「Pard小姐」這個稱呼，也不該在這個眾目睽睽的場合使用，畢竟這是從她的虛擬角色名稱省略而來。

「Blood Leopard」。此人不但是支配了中野區北部到練馬區一帶的紅色軍團「日珥」副團長，也是外號「血腥小貓(Bloody Kitty)」的6級超頻連線者。她曾在春雪眼前一口咬死了「加速研究社」成員Rust Jigsaw，是個強者中的強者。

回想起來，過去她總是突然現身讓春雪嚇一跳，但這次實在唐突得過了火。春雪不知道該從哪裡問起，一張嘴又開又閉地過了約兩秒半，接著Pard小姐似乎認為春雪的回合已經過了，從機車座位上站起，左手往前一伸。

她手裡拎著的物體，是個連著紅色網狀包覆線的小型接頭——XSB傳輸線。春雪在心中「哇！」了一聲，但要是繼續發呆下去，對方多半會直接拿著接頭插上神經連結裝置，因此他只好趕忙接過接頭，自己插上這條還好長度有個兩公尺左右的線。有線式連線警告標語在視野中閃過後，一個稍顯低沉的沙啞嗓音在腦中響起。

『之所以不事先跟你聯絡，是因為有項情報我打算只跟你一個人說。』

這正是春雪原先想問的問題與答案。他抬頭看著這名再度靠上機車雙手抱胸的連線對象，勉力幫大腦換檔，以思考發聲開口：

『……意思是說，Pard小姐不希望黑暗星雲的其他成員知道妳跟我見面？』

『就結果來說是ＹＥＳ，但這並不是因為不相信你的同伴。我只是想把選擇權交給你，由你自己決定要不要把這項情報告訴他們。』

『…………？』

春雪一時搞不懂Leopard話中含意，歪頭思索。聯繫兩人神經連結裝置的傳輸線搖了搖，小光澤在網狀包覆線上溜過。

雖說他們躲在高架軌道下的小巷子裡，但從北側人行道上卻看得清清楚楚。要是一大早就看見一個穿著水手服的高中女生靠在大型機車上，跟一個又矮又胖的國中男生直連在一起深情對望，想必連春雪自己都會覺得好奇。路上行人不分男女老幼，都毫不客氣地投來好奇目光，最可怕的是其中還有幾個穿著梅鄉國中制服的學生。但Leopard接下來所說的話，卻包含了能輕易讓他拋開所有雜念的震撼。

『Silver Crow，最近有部分人士主張委託「ＰＫ」集團立刻肅清你。』

「咦…………」

春雪不由得以血肉之軀發出驚呼。

他一時腳步踉蹌，重新站穩後，地面慢慢搖動的暈眩感卻沒有消退。看到春雪這種模樣，Pard小姐微微挑眉，隨即再次伸出右手拉過春雪的肩膀，讓他坐在自己右邊，也就是機車座位的前座上。

大型機車以牢固的腳架撐得極穩，即使承受春雪的所有體重也文風不動。這輛乘坐過好幾次的機車有種可靠的感觸，讓他多少恢復了冷靜，這才總算將下一段思考透過傳輸線送出去。

『肅清……是因為有「災禍之鎧」那件事……對吧？可是，那不是已經在七王會議上說好會給一個禮拜的緩衝……』

『對，可是直接說出激進意見的並不是諸王，而是他們手下的一部分中階超頻連線者。他們主張……你就是這幾天加速世界裡那股慢慢傳播開來的「黑暗之力」感染源。』

就連膽識過人的Pard小姐，說出這句話前也流露出了些許猶豫。

但春雪沒有意識到這點，比先前更劇烈的第二次驚呼哽在喉頭。

『……！這……不、不是……』

他反射性地抬頭望向左邊的Leopard，用力搖頭：

『不是這樣，不是我做的！我才不會去搞出……搞出那種東西……！』

但就在他劇烈反駁之際，腦中卻有個聲音甦醒。

那是昨天早上春雪在環狀七號線一帶找Ash Roller進行封閉式對戰時，他告訴春雪的最後一句話。

——我聽到的謠言還有下文。聽說Utan跟Olive用的「怪招」……是從Chrome Disaster的能力複製出來的……

ISS套件使用者所發出的黑影鬥氣，確實酷似Silver Crow裝備「災禍之鎧」時的黑暗波動，如果兩種情形都看過，的確可能認為兩種力量的來源相同。即便如此，這個「謠言」居然一天之內就傳遍加速世界，還發展成主張即刻肅清Silver Crow的言論，再怎麼說也未免太快了點。

只不過，春雪也理解這絕非不可能。

因為對超頻連線者來說，現實中短短的一點八秒，就相當於三十分鐘之久。只要謠言在新宿、澀谷、秋葉原等地區所展開的無數對戰之中傳開，一個晚上確實夠讓部分人士開始提出強硬的意見。只是雖非無法想見，心情上卻絕對無法接受。

看到春雪瞪大雙眼頻頻搖頭，Pard小姐露出極不明顯卻十分真切的微笑。先前抓住他衣領的右手，這次輕輕摸著他的背：

『K（OK），我知道。我跟紅之王都不相信這種胡言亂語。然而事態並不樂觀，所以我才會來告

訴你這個消息。』

「…………」

春雪一時說不出話來。但隔著上衣布料安撫自己的手是那麼柔軟、那麼溫暖，至少暫時替他驅開了震撼與恐懼。

紅色軍團「日珥」與春雪等人的「黑暗星雲」終究只是暫時停戰，絕非締結同盟的盟友。儘管他之所以會認識軍團長仁子，是對方主動在現實世界中找上門，要求他幫忙討伐第五代「災禍之鎧」，但這份人情也已經在「Dusk Taker」事件中連本帶利地還完，現在雙方的關係可說完全對等。

所以站在日珥的立場，實在沒理由為了與黑暗星雲維持停戰而惹來其他五大軍團的敵意。不，他們軍團內部多半已經有人主張週末領土戰爭時要重新對黑暗星雲展開攻勢，這點並不難想見。

但仁子與Pard小姐仍然維持不戰的方針，甚至還特地在現實世界跑來向春雪通風報信，這多半——是基於「朋友」的立場。

「…………真的……很謝謝妳。」

這句話春雪不是只用思考發聲，同時也以自己的嘴說出來。他用力擦掉眼眶滲出的淚水，重新整理思緒。報答Pard小姐心意的方法，並不是無謂地退縮、哭泣，而是冷靜地掌握事態，做出最好的對應。他先深呼吸一口氣，轉換到思考發聲回答：

『——可是，就算要「ＰＫ」，也沒那麼容易吧？畢竟他們得先查出我的現實身分。』

『ＹＥＳ，ＰＫ集團的點數也不是多到用不完，所以他們沒辦法用Rain以前在現實世界跟你接觸時那種胡來的手法。』

『……我想也是。』

先前仁子利用自己小學生的身分，在杉並區的每一間國中都報名了體驗入學，取得校內區域網路的臨時帳號，接著透過查看對戰名單的方式找出了Silver Crow就讀的學校。接著她找了個可以看到整個校門的位置，每當有學生放學走出校門就進行「加速」，檢查名單上有沒有出現她要找的人。重複無數次這樣的行動之後，終於查出了春雪的現實身分。過程中她所消耗的點數豈止一兩百點，除了已不再需要為了升級而對點數汲汲營營的王以外，根本不可能採用這種手段。

那麼，那些主張強硬做法的人，究竟打算如何對春雪展開「ＰＫ」呢？

看到春雪皺起眉頭，身旁的Pard小姐也露出思索的表情說：

『現在知道你現實身分的超頻連線者，除了黑暗星雲的現役成員以外就只有我跟仁子，這應該錯不了吧？』

『對……應該是。』

春雪回答前猶豫了一瞬間。說得精確點，還有一個人「曾經知道」。那人是今年出現在梅鄉國中的新生，也就是趁黑雪公主不在時壓倒春雪等人的掠奪者「Dusk Taker」。但他在無限制中立空間的決鬥中敗給了春雪與拓武，失去所有點數，導致他的BRAIN BURST程式遭到反安裝，所有與加速世界相關的記憶隨之消除，如今看到春雪也只覺得是個「以前一起玩過某個網路遊戲的人」。

當然，他也有可能把春雪等人的現實身分告訴所屬組織「加速研究社」，然而一旦做出這種事，就讀同一間學校的自己也會有暴露身分的危險。這人完全否定「伙伴」與「羈絆」這類價值觀，實在無法想像他對組織成員有足夠的信任。

聽到春雪這麼回答，Leopard也輕輕點頭：

『我跟仁子這邊就只能請你相信我們了。既然這樣，相信強硬派也沒那麼容易查出你的現實身分。只要在星期天的七王會議之前能夠淨化「鎧甲」，讓諸王檢查無誤，相信要求肅清你的意見也會失去立論根據……只是……』

Pard小姐難得地中途打住，轉過上半身來看著春雪，以蘊含了深深擔憂的嗓音說下去：

『有個勢力讓我很擔心。』

『勢力……？』

『根據推測，所謂的物理攻擊者(PK)集團有好幾個組織存在，至於他們分別有哪些成員，可就沒有那麼容易釐清了。換個角度來看，只要能查出是誰，所有超頻連線者就會全力加以肅清，轉眼之間就會讓他們失去所有點數。』

這個說明讓春雪連連點頭。他的師父Sky Raker就面帶微笑地表示自己曾經把某個露餡兒的PK丟到神獸級公敵的地盤深處。連個性那麼溫和（應該是吧）的Raker都採取這種毫不留情的手段，可見PK是多麼不能容許的存在。

既然如此，還有可能委託這種傢伙肅清春雪嗎？再說，他們又要怎麼聯絡這群人？

Leopard壓低思考發聲解答了春雪的疑問：

『……有批自以為是「劊子手」的人，也是唯一公開團體名稱的PK集團……他們是群窮凶極惡的物理攻擊者，名稱叫做「Supernova Remnant」……簡稱「Remnant」。』

『Supernova Remnant……』

春雪複誦了一次。這個名稱直譯大概就是「超新星殘骸」吧？

Leopard那向來顯得若無其事的眉目之間散發出些許嚴峻。她補充說道：

『他們出手PK所收的報酬不是超頻點數，而是日圓。他們有無數用來「查出現實身分」的知識技術，過去別人委託他們解決的超頻連線者，全都被他們以PK手段逼到退場，沒有一個例外。對他們來說BRAIN BURST不是遊戲，只是賺錢的手段。』

「這…………」

春雪再度下意識用自己的嘴發出驚呼。

他整個背部猛然一顫，接著才掙扎著擠出思緒：

『為什麼……都沒有人去解決這群傢伙？若真要「肅清」，這些人比我更該……』

『當然，過去也曾經多次有人提出這樣的意見，但無論如何就是查不出任何成員的身分。他們接受委託的方法，是要求委託人將目標的名稱與情報連同匯款碼，一起寄到匿名的郵件帳號。搞不好他們根本就完全不進行正規對戰，全靠PK在升級。如果真是這樣，成員甚至可能是些完全沒露過面的超頻連線者，所以也沒人知道他們的名字。』

『怎、怎麼這樣……那豈不是成了幽靈……不對，根本就是死神啊……』

春雪淺淺地坐在電動機車坐墊上，眼神空洞地發出這幾句思緒。Leopard以短短的沉默表示同意，接著再次用手輕撫他的背：

『——這一切都是推測，不必過度害怕。最有可能導致現實身分曝光的危險就是「上輩」或「下輩」洩漏情報，但你又沒有下輩——』

說到這裡，Pard小姐歪了歪頭，以表情詢問「應該沒有吧？」，春雪趕忙連連點頭。

『——而你的上輩則是同軍團的人，還是身經百戰的「王」，不會不小心說溜嘴，更不會出賣你。所以就算是那群自以為是劊子手的傢伙，也不可能在短期間內查出你的現實身分。』

從傳輸線送來的思考發聲只說到這裡，但春雪卻猜出了Pard小姐省略了些什麼。

她本來應該是想說，「她認為」要查出現實身分是不可能的。因為如果真的敢肯定絕對不可能發生，根本就不必像這樣特地跑來警告春雪。Pard小姐是為了鼓勵春雪，才特意說得斬釘截鐵。

為了報答這番好意，春雪抬頭看著身旁這位比自己年長的女性，以堅定的思考發聲回答：

『我明白了。不過為了以防萬一，我上下學的時候還是會小心。』

『K。如果太晚才回家，最好找人一起走，也別靠近公共攝影機拍不到的範圍。』

Leopard補上這麼一句，接著似乎認為話已經說完，伸手從春雪與自己的神經連結裝置上拔掉XSB傳輸線。她迅速捲起線材，塞進裙子口袋。

由於直連已經解除，春雪開口以自己的聲音道謝：

「這、這個，真的……很謝……」

但這句台詞卻為了一個意想不到的理由而被迫中斷。

因為Pard小姐從機車後方行李箱中拿出預備的半罩式安全帽，輕輕戴到春雪頭上。接著她迅速替春雪扣好下巴處的環扣，自己也戴上掛在機車握把上的全罩式安全帽。

……咦？

這名還是高中女生的機車騎士不給春雪時間瞪大眼睛，便從春雪身後壓到他身上，握住機車握把，唸出「發動」的語音指令。與神經連結裝置連線的機車儀表板亮出鮮明燈號，同時前後方可動式懸吊系統舉起車體，整個動作宛如要撲向獵物的豹一般強而有力。

「這、這，我說……」

不會吧？不對、不行，我還沒做好心理準備。春雪腦中還在轉著這些念頭，耳邊已經聽到安全帽內建喇叭傳來耳語：

『拖了你不少時間，所以我送你到校門口。』

『不不不不不，這這這怎麼好意思。』

『NP（沒問題）。』

油門輕輕一催，機車猛然前進，騎上了高架軌道沿線道路。她傾斜車體左轉，將前輪指向車站，下一瞬間，兩具大輸出的輪內馬達凶猛地咆哮——

「…………啊————！」

春雪雙手雙腳牢牢抱住車身，發出慘叫。聽在左側人行道上的學生耳裡，這聲慘叫肯定帶有極為強烈的都卜勒效應。

春雪坐著從國中男生的平均價值觀來看無疑是「超宇宙無敵霹靂帥」的電動機車，還跟穿著水手服的高中女生一起騎到校門口；由於這場表演實在太搶鏡頭，因此一看到Pard小姐揮揮手騎往環狀七號線方向，春雪立刻發動許久沒用的必殺技「拔腿就跑」衝向樓梯口。

春雪急急忙忙換上室內鞋，從第一校舍的中央樓梯口奔上樓抵達二年C班教室，這才鬆了口氣。接著他若無其事地回到自己座位，刻意摸著虛擬桌面，沒想到——

背上被人輕拍了一記，同時一個熟悉的聲音傳來：

「早啊，小春。」

他的雙肩當場僵住，生硬地轉過頭回應：

「早……早啊，小百。」

可說彼此從出生就認識也不為過的青梅竹馬——倉嶋千百合一看到春雪的臉，立刻將表情從「驚訝」轉為「白眼」。

「……你臉上寫著『糟糕！』呢。」

「才、才沒有，我只是想到第一堂是體育課就覺得煩。」

「那是明天好不好？今天的第一堂課是數學。」

「啊，呃、呃，那就是想到數學課就煩。」

這時千百合總算將「白眼」轉為「拿你沒辦法」，春雪這才鬆了口氣。先到教室的千百合當下還不可能知道春雪今天怎麼上學，儘管遲早會拆穿，但現在最好還是先蒙混過去。春雪全力以最自然的方式將視線從她身上移開，轉往教室後方開口：

「呃……呃、咦，阿拓今天還沒來喔？他很少會趕在遲到邊緣才抵達耶。」

離預備鈴響只剩不到五分鐘，另一個兒時玩伴的座位卻還是空無一人，因此春雪立刻拿這個話題來轉移焦點。但這句話一出口，千百合就擔憂地皺起眉頭，反而讓他瞪大了眼。

千百合自己也朝後瞥了一眼，放低音量輕聲說：

「小春，跟你說喔。今天小拓……好像感冒請假。」

「咦……………」

春雪反射性地用手指劃過虛擬桌面，從區域網路選單中打開班級名冊，座號31號黛拓武的名字旁邊，的確標示著病假的圖示。點選圖示後，跳出一句簡短的說明：【感冒發燒】。

「……他竟然會感冒，這還真是稀奇……」

春雪皺起眉頭喃喃低語。拓武從小練劍道，身體遠比春雪強健得多。兩人認識這麼多年，印象中他因為感冒請病假不過寥寥數次，而且全都發生在冬季流感的時節。

千百合同樣覺得不對勁，湊過來以壓得更低的聲音說：

「而且……昨天晚上他看起來根本就不像有感冒吧？是後來才發燒的嗎？」

「啊……聽妳這麼一說也是……而且如果他有感冒的跡象，一定會非常小心，避免傳染給我們啊……」

拓武對於這種事情向來考慮周詳。聽春雪指出這一點，千百合也深深點頭。既然如此，大概就表示他真的是從晚上十點回家以後才開始不舒服……？

——不對。

一陣痙攣似的感覺竄過腦後，讓春雪視線亂飄。

昨天拓武在春雪家裡說過的某句話，以及今天早上Pard小姐告知的消息。

兩者結合在一起，在春雪腦海中催生出一股小小的危機感。有些事情正在深得不見天日的地方暗中進行。他有種近似焦慮的預感，彷彿就連他們在談話的當下，事態都分分秒秒地往無法挽回的方向前進……

「……小春，你怎麼了？」

千百合似乎感染到了春雪的不安，皺起眉頭輕聲發問。春雪驚覺地拉回雙眼焦點，頻頻搖頭說：

「沒、沒有……沒什麼。對了，等放學回家，我們兩個一起去探望他吧。妳社團活動結束就發個郵件通知我。」

春雪迅速地說完這句話後，千百合雖然以那對彷彿要看穿內心的大眼盯著他，但最後還是點了點頭。

「嗯……也對。小春還有飼育委員的工作要忙吧？你那邊忙完的時候也跟我說一聲。」

「嗯，知道了。」

這時預備鈴聲響起，千百合輕輕揮了揮手，回到自己座位上。春雪也將頭轉回正面，注視開著沒關的班級名冊，跟心中想立刻寫郵件給拓武的衝動對抗了好一會兒。目前包括春雪在內的所有學生，都被強制隔離於全球網路之外，沒有任何方法能聯絡應該臥病在床的拓武。

——不用擔心，只是我想太多了。現在真正困在BRAIN BURST相關問題裡的人是我。不管是「災禍之鎧」、「ＩＳＳ套件」還是「Remnant」，都跟拓武的缺席無關。只要買個他愛吃的抹茶冰淇淋去探病，那傢伙一定會在病床上露出不好意思的笑容。

春雪這麼說服自己，然後以右手移開視窗。緊接著級任老師用力打開教室前門，值日生喊口令的聲音慵懶地迴盪在教室中。

7

一如往常地撐過上午四堂課後，那種心慌意亂的奇妙不安似乎也已遠去。

宣告午休時間開始的鈴聲，似乎也顯得輕快了些。春雪聽著鈴聲站起，皺起眉頭評估該買麵包跟飲料便宜打發午餐，還是到學生餐廳痛快地吃一盤咖哩豬排飯。

很遺憾，在六月底的校慶結束之前，他都沒機會跟黑雪公主一起在交誼廳吃飯。由於這是本屆學生會最後一項大工程，就連聲稱自己是為了BRAIN BURST才當學生會幹部的黑雪公主，也不能怠忽職務。

——現在學姊這麼忙，一個人去吃大餐實在有點不好意思啊。今天就忍耐一下，用豬排三明治跟牛奶打發……不，再加個焦糖麵包脆片應該不算太過分……

春雪正經八百地煩惱要吃什麼，同時雙腳走向教室後門。就在此時——

後門忽然「喀啷！」一聲猛力開啟，走廊上有個人影大步跨了進來。

這人修長的腳上穿著黑長襪，裙子跟其他學生一樣是灰色，但上身的短袖上衣則是全黑。

顯示來者為三年級的胭脂色絲帶兩側，垂著更加烏黑亮麗的秀髮。

根據梅鄉國中校規，制服上衣必須選擇「符合學校指定款式的無彩色」，把「無彩色」一詞輸入字典程式，就會得到這樣的一句說明：「包含白、灰乃至於黑的顏色」。換言之，無論灰色或黑色都不違反校規，但校方指定了制服廠商，而廠商的販賣網站上又只提供白色襯衫，所以學生也只能買白色——唯一的例外，就是向這家廠商訂做黑色上衣。

梅鄉國中三十幾年的歷史中，只有一名學生費了這麼多工夫，還亮出校規當擋箭牌，若無其事地駁回了教師們理所當然會提出的糾正。

這人就是目前站在春雪前方兩公尺處，雙手插腰、抬頭挺胸、臉上表情美麗又嚴峻的女學生——黑雪公主。

在二年C班學生鴉雀無聲的環視之下，學生會副會長深吸一口氣，讓她堅毅的嗓音迴盪在整間教室之中：

「我要求本班選出的飼育委員長立刻到學生會報到！」

一秒鐘之後，隨著低沉的交頭接耳聲，十幾人份的視線集中在春雪身上。春雪當初勇敢地主動報名——其實是不小心會錯意——而當選飼育委員，這件事眾人都記憶猶新。周遭學生臉上的表情顯然在想他怎麼這麼快就捅出漏子，春雪自己倒是完全不知道做錯了什麼。

但他仍然不得已地踏上半步，戰戰兢兢地開口：

「呃……我、我就是……」

接著黑雪公主朝春雪白了一眼，說道：

「是你啊？那就請你跟我跑一趟。」

——什麼「是你啊」，學姊明明知道我是飼育委員長耶。再說，我是學姊的「下輩」，還是軍團成員……

當春雪腦裡還一團混亂時，黑雪公主早已裙襬一翻轉過身子，踩著令人納悶「橡膠底的室內鞋怎麼踩得出來？」的清脆腳步聲踏上走廊。春雪在原地呆了約一秒半，才趕忙跟上。

兩人下了樓梯並沿著一樓走廊往西前進，路上黑雪公主始終沒回頭。兩人從三年級教室前面走過，抵達位於第一校舍最裡邊的學生會辦公室。黑雪公主手一揮，便傳來一道沉重的開鎖聲。開了門的學生會副會長隨即走進裡頭。

春雪吞了吞口水，跟著跨過門軌。房門自行在他背後關閉，再度上鎖。

前天來這裡時，夕陽的橘色光輝將室內染上一片暖意；然而本日是陰天，此刻外頭灑進的灰色光線似乎讓空氣也涼了半截。黑雪公主在沒開燈的狀況下一路走到房間正中央，這才總算轉過身來，以嚴厲的雙眸盯著春雪。

「………請、請問…………」

春雪發出細小的聲音，怯懦的笑容隱隱浮現，但他最後還是緊閉雙唇肅立當場。

若是放學後也還罷了，現在只是午休時間，黑雪公主不可能這麼公私不分，拿學生會辦公室來做私人用途。換言之，她是以學生會副會長的身分，正式要求飼育委員長來此報到。看樣子，果然是自己在做委員會工作時，於不知不覺間犯下了大錯。

那麼，至少自己應該認真接受斥責。春雪下定決心，等待黑雪公主開口。

幾秒鐘後——

黑雪公主噘起嘴，鼓起臉頰，同時發出鬧彆扭的聲音：

「春雪，我已經聽說囉。你今天早上似乎跟一個既漂亮又帥氣的大姊姊共乘一輛機車到校門口是吧？」

「……………………啥？」

春雪不只是雙眼與嘴巴，連鼻孔都張得老大，這讓黑雪公主臉上不悅變得更強烈了。

「喂，事到如今你還想隱瞞啊？話先說在前面，只要我有這個意思，就算要調出那段時間的影像記錄也不成問題。還是說，連我不想去看那種東西的心情，你都……」

「啊，不是，這個，呃，請請請請等一下！」

春雪在臉與雙手交互進行水平運動的情況下拚命插嘴，接著戰戰兢兢地問：

「……請問，要求飼育委員長來這裡報到是……？」

黑雪公主雙頰微微泛紅，把臉撇向一旁回答：

「那還用說，當然是把你叫來這裡的藉口啊！」

——哇，有夠公私不分的。

春雪腳步踉蹌，好不容易才重新站穩。他再次開口：

「呃……呃，關於機車這點……我想學姊可能沒在現實世界見過那人，不過她其實是紅色軍團的幹部『Blood Leopard』小姐……」

「…………喔？」

黑雪公主聽見這話，眉毛動了一下；春雪偷偷確認她的表情，同時拚命地解釋：

「今天早上上學途中，她跑來給我忠告……應該說是來通知我一個消息……只是因為講太久，所以她載我來學校而已。這個，我當然婉拒了，可是她這個人有夠性急……」

春雪還沒說完，黑雪公主臉上便出現微妙的改變，但她隨即又噘起嘴，說出一句令人意想不到的話：

「…………太詐了。」

「……啊？」

「春雪，我上次跟你獨處已經是十天以前的事了耶！這段時間因為有學生會活動跟其他一大堆事情要忙，我一直忍著，你卻一下子跟謠謠照顧小動物，一下子跑去禁城探險，甚至還跟其他軍團的女生…………」

「對……對不起。」

儘管不太確定自己到底是為了什麼道歉，但春雪仍然反射性地低頭謝罪。黑雪公主也不改臉上的不滿，大跨步站到他身前輕聲說道：

「如果你真的覺得對不起我，就送我1點超頻點數還有一點八秒的現實時間。」

「咦？好……好的。」

春雪驚訝之餘點點頭，緊接著黑雪公主雙手閃動，不知不覺間已經握住了黑色XSB傳輸線的兩個接頭，更以電光石火的速度插進兩人神經連結裝置上的直連插孔。看著眼前水嫩的嘴唇在今天已經出現第二次的有線式連線警告標語下唸出語音指令，春雪也下意識地跟著唸誦。

「「超頻連線。」」

隨著「啪！」一聲已十分熟悉的音效，整個世界凍結成藍色。

春雪換上遠比自己現實身體來得小的粉紅豬虛擬角色造型，輕輕踏上一步。

他視線往上一轉，便看到一個虛擬角色已經站在自己身前。那位以黑色鳳尾蝶為主題的妖精公主，身材與現實的少女本人幾乎一模一樣。儘管質感不同卻同樣美麗的臉龐上，仍然有著幾分不滿，但隨著春雪心跳加速地抬頭，少女的表情也化成淡淡微笑。

他才剛鬆了口氣，黑雪公主已經無聲無息地走近，蹲下身子並伸出戴著長手套的雙手，穿過了春雪虛擬角色的腋下。

春雪還來不及驚訝，整個身體已經騰空，對方更順勢將他緊緊抱入懷中。

「我、我、我我我說學學學姊……」

少年這破碎的隻字片語一出，便聽到耳邊傳來含笑的低語：

「——別說現實世界裡的學生會辦公室了，即使是在校內區域網路的虛擬實境空間裡，做這種事也是違反校規的，但那種無聊的規則可管不到這個世界。還是說，你覺得我們都換成對戰虛擬角色比較好？」

春雪稍微想像了一下這幅光景，立刻連連搖頭。上次黑之王Black Lotus以類似姿勢擁抱Silver Crow時，兩秒鐘後就使出8級必殺技「死亡擁抱」，讓他落得悽慘的下場。

黑雪公主又呵呵笑了幾聲，雙手更加用力：

「——其實，早在星期天的『七王會議』結束後，我就一直想這樣了。因為我想告訴你，什麼都不用怕……」

聽到她這麼說，春雪輕輕吸了一口氣，擠出沙啞的聲音說：

「學姊……我……我……」

他正想說「我沒事」，但虛擬角色卻莫名地全身發抖，阻礙他正常發聲。

春雪這才發現，Silver Crow的處境給自己帶來多大的壓力；更發現自己一直無意識地將對於「自己也許會在加速世界待不下去」這件事的恐懼，強壓在內心深處。

黑雪公主以全身緊緊包覆住劇烈顫抖的春雪，在他耳邊婉轉呢喃：

「別怕，你不孤獨。你有我，有軍團裡的大家，還有紅色軍團的Rain、Leopard、綠色軍團的Ash Roller，藍色軍團的Frost Horn他們，以及其他許許多多超頻連線者，我們都由衷期待你回來。」

「……是。是……」

春雪拚命點頭，同時發現自己不知不覺間也以短短的雙手將黑雪公主拉近。但他已經不再覺得不好意思。兩人以相當於現實千倍速度驅動的思考時脈完全同步，相互交融，只剩下連感情都完全共有的一體感。

充滿奇蹟跡象的幾秒鐘過去，黑雪公主輕輕放開春雪的身體。她表情微微轉為鄭重，一對星空般的雙眸也多了幾分嚴肅，接著說出的話更讓春雪想都沒想到。

「……所以啊，春雪，你不必為了那些亂七八糟的傳聞擔心受怕。說什麼在加速世界蔓延的『ISS套件』是你弄出來的，根本是胡說八道。」

「…………！」

春雪再次急促地吸了口虛擬空氣，小聲問說：

「……學姊已經曉得『套件』的事了？」

「嗯，昨天楓子開車送我們回家的路上，謠就跟我們說了。」

「這樣啊……對不起，我沒有及早報告……」

「不，你說反了，該怪我沒能更早發現這狀況。昨天回家之後我才趕緊收集情報……從手法跟時機來判斷，我們應該懷疑那些人——破壞赫密斯之索縱貫賽的『加速研究社』，跟這件事有關。」

黑雪公主說著，走到化為藍色冰塊的沙發組旁讓春雪坐上去，接著自己也坐在他身旁。春雪跪坐在椅面上，邊連連點頭邊開口說：

「是啊……我跟阿拓昨天也得出這個結論。然後阿拓說他自己也會去查查看……其實……他今天感冒沒來上學……」

「什麼？」

黑雪公主皺起眉頭，沉默不語。春雪抬頭看著她的表情，胸中再度充斥了一股不明所以的不安。

——ＩＳＳ套件這件事，我會用我的方法試著收集情報。

拓武昨天回家前是這麼說的。「用我的方法」。這句話，該不會是指全黑暗星雲中只有他能動用的管道——也就是他之前參加的藍色軍團「獅子座流星雨」？

想到這裡，今早Blood Leopard的一句話立刻在耳邊甦醒。

——最有可能導致現實身分曝光的危險，就是「上輩」或「下輩」洩漏情報。

「啊……！」

看到春雪猛然跳起更驚呼出聲，大吃一驚的黑雪公主把目光轉了過去。春雪看著她的臉，原原本本地說出了內心湧起的擔憂：

「……學姊……請問一下，阿拓的『上輩』，聽說是藍色軍團裡相當高階的幹部，他已經被軍團長用『處決攻擊』放逐出加速世界了對吧？」

「嗯、對……這不是你自己跟我報告的嗎？這人因為散播拓武之前所用的『後門程式』，遭到藍之王Blue Knight處決。Knight那小子對這種事有潔癖，記得當初聽到這件事時，我就覺得他應該會做到這個地步……」

「的確……是這樣。可是，我記得當時還沒查出到底是誰先弄出後門程式，那麼這個人也許還在加速世界待得好好的。」

說到這裡，春雪頓了一下，然後握緊長著黑蹄的雙手說下去：

「問題就是……做出這個程式並交給阿拓上輩的這個人，也許已經在過程中知道了阿拓上輩的現實身分。這樣一來……阿拓讀過同一間學校，還同樣待過那裡的劍道社，他的身分也有可能被追查出來……」

「這……的確有這個可能，但從那件事發生到現在，已經過了八個月。如果想查出拓武的現實身分，應該早就有動作了吧？」

黑雪公主的反駁非常有道理。

但春雪卻緩緩搖頭，以顫抖的嗓音說出連黑雪公主都不知道的情報：

「……今天早上，Pard小姐之所以會來見我，是為了警告我。她說有個窮凶極惡的ＰＫ集團叫做『Supernova Remnant』，這些人搞不好已經盯上我了……」

「你說什麼……！」

春雪朝瞪大雙眼的黑雪公主伸出雙手，拚命動著僵硬的嘴說下去：

「如果……如果阿拓是裝病沒來上學，實際上卻跑去新宿……然後被Remnant那些人給逮到，帶去攝影機拍不到的範圍攻擊……」

春雪用力一眨眼，繼續說道：

「……學姊，我要早退去找阿拓！就算想用直連對戰搶走他的點數，應該也要花上相當多的時間才能搶光。萬一……萬一他真的遭到ＰＫ攻擊，現在說不定還來得及……」

「不行！」

春雪起身就要唸出「超頻離線」的指令，雙肩卻被黑雪公主用力按住。

「你現在跑出校外太危險了！」

「可……可是，要是阿拓他！要是他被強制反安裝BRAIN BURST，我……我會……」

「春雪，你冷靜點！首先要弄清楚狀況！也許他真的只是感冒請假啊！」

「可是……就算想弄清楚這件事，也得先走出學校，連上全球網路……」

「不用擔心，只要提出申請，就能用這間學生會室的固定式終端機連上全球網路。先用這個管道跟拓武聯絡，要是聯絡不上，到時候……就由我去新宿找他。只要我對Knight那小子低頭，相信他至少會肯動員部下幫忙。」

聽到黑雪公主這句話，春雪的虛擬身體登時僵住。

據說藍之王Blue Knight是初代紅之王Red Rider的盟友，更聽說當黑之王Black Lotus偷襲得手砍下紅之王的頭時，他當場抓狂暴怒。前幾天的七王會議上，藍之王始終維持平靜的態度，但相信在他內心深處，肯定對黑雪公主有著一股難以按捺的情緒。

要拜託這樣的人去救自己軍團的成員，春雪怎麼想都不覺得低頭就能了事。對方肯定會要求某種代價，而黑雪公主言外之意，就是她已經有了妥協的覺悟。

春雪瞬間想通了這一點，拚命按捺住想立刻衝出去找人的衝動。這種時候自己千萬不能失去冷靜。他任憑黑雪公主雙手按在自己肩上，放鬆下來點點頭：

「我……我明白了，就先聯絡看看。」

「唔，那我們就先停止加速吧。」

兩人面對面站起，同時唸出「超頻離線」指令。回到現實身體的同時，黑雪公主拔掉傳輸線，跑向位於學生會辦公室靠裡邊的辦公桌，手指飛快地觸控超薄型螢幕面板。春雪跟著站到

她身旁，只見她抓住還插在春雪神經連結裝置上的傳輸線，將另一頭插進辦公桌上所設的網孔。接著春雪視野中就跑出一段系統訊息，告知神經連結裝置已經連上全球網路。

「可以了。」

春雪對黑雪公主點點頭，以最快速度動著僵硬的嘴說：

「語音呼叫指令，編號〇三。」

代表「呼叫中」的圖示立刻在視野裡閃爍，這表示拓武的神經連結裝置沒有離線。如果他正在加速，就會轉到答錄機模式回應，所以他可能還沒遭到ＰＫ襲擊——再不然就是一切都已經結束了。

春雪雙手冒著冷汗，凝視呼叫圖示。閃爍了五次、六次——到了第七次，連線終於接通。

「……阿、阿拓……？」

春雪以沙啞嗓音喊著他的名字之餘，整個人幾乎被莫大的恐懼壓垮。腦中不容分說地浮現出與失去BRAIN BURST之後的「Dusk Taker」——能美征二談話的情景。當時他看到曾經對話過很多次的春雪，臉上卻立刻表現出「這人是誰啊……？」的訝異神情。他在失去所有點數的同時，相關記憶也遭到消除，因此看到幾乎只透過加速世界交流的春雪後，也就沒能立刻想起對方是誰。

當然春雪跟拓武是兒時玩伴，早在當上超頻連線者的多年以前就認識，所以即使失去加速世界的相關記憶，照理說也不至於完全忘了對方。

儘管理智知道這回事，春雪還是無法不害怕。拓武在短短兩秒鐘後就答了話，但春雪卻覺得這兩秒過起來簡直有幾十倍之久。

『…………是小春啊？怎麼啦？』

「啊……呃…………」

好友一貫的隨和聲音迴盪在腦海之中，讓春雪整個人鬆懈下來，腳步差點不穩。他一隻手撐在桌子上，生硬地回答：

「我、我是想說，阿拓竟然會請假，實在很稀奇，所以想問問看你的身體狀況……」

『……抱歉害你擔心了。我沒事……沒什麼大不了的。』

仔細傾聽，就會發現他答話的聲音似乎還是少了點活力。但對於病人來說，這反而是理所當然的情形。春雪擔心起他的感冒病情，繼續問道：

「有發燒嗎？你得乖乖休息才行啊。你現在……人在家裡嗎？」

『哈哈，那當然啦。我又不是你，有乖乖吃藥睡覺啦。我可沒忘記喔，以前你得流行性感冒發高燒到三十九度時，小千跑去探望，結果你竟然裝睡用完全潛行玩遊戲呢。』

「這、這種事你就不能趕快忘一忘嗎？」

回完嘴後，仍然放心不下的春雪說出最後一句話：

「……你先別去『對戰』，好好把病治好。畢竟明天又要進行重要的大規模作戰了。」

他這句話出口後，隔了一小段空檔——

『嗯……我知道，我會在明天之前康復——你們那邊應該還在午休時間吧？幫我跟軍團長說一聲，說我也很謝謝她讓你用全球網路連線。』

拓武口中的「軍團長」，當然就是黑暗星雲的軍團長黑雪公主。從這句話就可以確定，他並沒有喪失加速世界的記憶。春雪鬆了口氣回答：

「搞什麼啊，全都瞞不過你嘛。好啦，我會跟她說……那我們明天見，好好照顧自己。」

拓武終究掩飾不住疲憊，讓春雪也不敢講太久，切斷了通話。接著他抬起頭來，轉身面對一旁的黑雪公主，露出尷尬的笑容：

「這、這個……阿拓好像真的只是感冒了在睡覺。對不起，都是我在窮緊張……」

「不用道歉，沒事就好……不過……」

黑雪公主露出溫和的笑容，搖搖頭說：

說到這裡，她臉上神色略帶凝重，邊收起春雪從神經連結裝置與辦公桌上拔掉的傳輸線邊說下去：

「……『Remnant』那幫人也許會開始行動，這件事可不能放著不管。我想至少在杉並區這裡，他們應該沒那麼容易就查出你跟我們的現實身分，但為了以防萬一，從今天起你最好拒絕接受任何對戰。就算是主動挑戰，最好也別去惹不熟悉的對手，畢竟難保對方不會從虛擬角色出現位置查出你的現實身分……」

「是……我會跟小百還有拓武說。」

「麻煩你了——那我們也去吃午餐吧，偶爾也該去交誼廳一起吃個飯。」

黑雪公主輕輕一拍春雪的肩膀，令少年不由得放鬆下來並點了點頭。她隨即以若無其事的口吻，笑嘻嘻地加上幾句話：

「……也得答謝『Blood Leopard』提供情報呢。乾脆在現實世界裡見個面也不壞，這幾天你安排一下。」

「好…………咦、咦？」

春雪先點頭答應，接著他一想像到場上會是什麼樣的氣氛，便不由得瞪大了眼，整個人往後直仰：

「不、不不，這這這、這樣好嗎？」

春雪顯得驚慌失措，連忙追在門口走去的黑雪公主身後。

講這幾句話時，春雪依然覺得胸中那股不安並未完全消退。

或許是因為拓武的嗓音聽起來與平常有點不一樣。畢竟他感冒了，會沒精神也是當然的，但春雪覺得他那種沉重的聲調不太像身體不舒服，比較像精神上的動搖。這種不穩定的感覺，

讓春雪想起了去年那陣子的拓武。

——是我多心了。如今拓武已經靠著他的智慧與冷靜，成了軍團中不可或缺的支柱啊。

春雪這麼說服自己，隨即用制服褲子擦了擦手心再度冒出的冷汗，跟著黑雪公主走出學生會辦公室。午休時間的喧囂聲浪與走廊遠端學生餐廳飄出的辛香料氣味傳來，趕跑了他心中的不安。

然而——

短短三小時後，春雪便體認到自己的擔憂至少在「質」的方面算是正確。

但在「量」的方面卻大錯特錯。事態發展已經遠遠超出春雪及黑雪公主的預測。

直接帶來這個消息的，是放學後為了照顧角鴞「小咕」而來到梅鄉國中的軍團最年少成員四埜宮謠。

春雪順利消化完下午的兩堂課以及中午跟黑雪公主一起吃的咖哩飯，對去參加社團活動的千百合說了聲「晚點我再發郵件給妳」，便從樓梯口離開。直到上週為止，這種時候他都會立刻衝出校門，將神經連結裝置連上全球網路，貪婪地吞食網路資訊當點心，但如今他拜領了飼育委員長的職務，自然不能說走就走。只是話說回來，他也意外地發現自己並不嫌這件事麻煩。不僅如此，他甚至還頗為期待。

頭上的天空還是一樣陰沉，所幸今天的氣象預報仍然顯示不會下雨。相信從小木屋掃出來放乾的大堆落葉，已經差不多可以裝袋拿去丟了。

春雪繞過第二校舍，來到北邊的後院。他踩著長了青苔的地面，朝位於西北角那間用天然木材搭成的小木屋前進。後院大部分地方都照不到陽光，但小木屋以南沒有被校舍遮住，樹木也長得比較矮，陽光可以透過鐵絲網照進來。

小屋慢慢出現在前方，周圍看不到其他學生的身影。飼育委員會裡除了春雪以外，還有兩名靠抽籤選出來的同學年委員，分別是一名姓濱島的男生跟一名姓井關的女生，不過現在春雪設定成這兩人可以自由決定要不要參加。他認為與其強制工作，還不如等待自發性地參加活動來得好，但看樣子他應該得等上相當長的一段日子。

春雪來到小木屋，看到這隻叫做「小咕」——這名字取得有點草率——的角鴞，正在地板上的金屬水盆裡洗澡。

小咕翅膀微張，身體前傾，從胸部到臉都泡在淺淺的水中；牠很快便站直身子，收起沾濕的翅膀並頻頻甩動。看到牠的動作簡直與人類洗澡一模一樣，春雪不由得笑了出來。

「哈哈……你還真好命。」

一聽到春雪說話，小咕便轉過頭瞥了對方一眼，露出似乎有些尷尬的表情。接著全身劇烈抖動，甩掉身上的水後，從水面起飛。牠在小木屋裡繞了幾個大圈，最後降落在左邊的棲木樹枝上，開始整理胸部的羽毛，看來那兒已經成了這隻鳥的固定位置。

這種樹枝上設有壓力感應器，能夠測量小咕的體重。春雪操作虛擬桌面，從區域網路專用的瀏覽器打開委員會活動的分頁，叫出有連線的感應器數值。

就在這時，視野中跳出了要求無線連線的視窗。春雪轉頭往右看，一身純白連身制服，背著咖啡色包包的嬌小少女正微笑著站在那兒。

「啊……午安，小……不對，是四埜宮謠學妹。」

說來挺神奇的，在現實中見面時會忍不住想叫出對戰虛擬角色的名稱，在加速世界卻會差點叫出對方的本名。春雪本來想說出「Ardor Maiden」的簡稱「小梅」，說到一半才趕緊改口；他一邊用左手搔著頭，一邊以右手點選視窗中的ＹＥＳ按鈕。

接著聊天程式自動啟動，謠還是老樣子，以超快的打字速度敲著投影鍵盤：

【ＵＩ＞有田學長午安，小咕的體重如何了？】

「啊，呃……還在合理範圍，不過好像變輕了點？」

【ＵＩ＞畢竟牠的生活環境剛改變，多少會有點壓力。今天我多準備了一些飯菜，你想近距離看餵食嗎？】

「嗯、嗯，我要看！」

春雪答完話，在按掉瀏覽器之前又看了一次委員會的分頁。系統派下的任務只有正常清掃小木屋，要求人數也只有一人。他順便確認了一下濱島與井關的名字，而顯示出來的狀態不出所料，兩人都是「已離校」。

春雪吞下嘆息聲，看著謠解開大型的電子鎖。她小手一揮，就聽到鎖拴喀嚓一聲解開。謠先確定小咕留在棲木上，才對春雪招招手。鐵絲網的門開到剛好夠他們通過後，兩人便迅速進到裡面。

關上門並從內側鎖上滑動式的鎖之後，謠放下書包，從裡面拿出淺咖啡色的皮護手——不對，應該說是皮手套。她左手戴上這包裹到接近手肘部位的手套後，再次把手伸進書包。

接著拿出來的，是個小型的保冷盒。她以右手啪的一聲打開盒子，看樣子裡頭裝了切好的生肉。

——哦哦，不愧是猛禽類。

在春雪佩服地注視之下，謠站起身來，左手舉向棲木。接著，小咕彷彿有心電感應似的張開翅膀，飛到謠的手上。牠將一對紅金色的雙眼睜得圓鼓鼓，喙更是往前突出，彷彿在催眼前這個小女孩快點。

看到謠想蹲下去拿放在地上的盒子，春雪趕忙拿了起來，用雙手穩穩捧好。謠滿臉微笑，用右手拎起一片血紅的肉片。

肉片一靠近小咕的臉，牠就以銳利的喙迅速一啄，幾乎一口就吞了下去，跟鴿子或雞啄食地面食物的動作非常不一樣。春雪驚訝地看著，謠則是接連遞出肉片，小咕迅速將肉片收進胃裡。春雪有點想知道這是什麼肉，但他從來不曾下過廚，光看外觀實在無從判斷。

與角鴞那二十公分出頭的體格比起來，保冷盒裡裝的肉顯得相當多，但轉眼之間盒底便已朝天。謠摸摸小咕的頭表示已經完畢，牠便心滿意足地轉了轉脖子，再次飛回原來待的樹枝上。

謠取下手套，從春雪手中接回盒子，接著先走出小木屋，靠木屋旁邊的水龍頭開始清洗。春雪則趁這時換掉鋪在棲木旁的合成紙。據說以前每日新聞還在用紙張媒體發佈的時代，都是拿一種叫做報紙的紙張來應付這種用途，而且用過就丟；但這年頭天然纖維的紙張已經成了高價的奢侈品。等謠進來後，就換春雪出去用水清洗被小咕排泄物弄髒的紙，並將紙晾在一旁的小型掛架上。

工作告一段落後，春雪問出他一直想問得不得了的問題：

「四埜宮學妹，妳剛剛餵小咕吃的是什麼肉？」

結果比他小四歲的少女滿臉微笑，閃動雙手回答：

【UI＞請你猜猜看。】

「咦……呃……是、是雞肉？」

謠以手指按下空中的某個點，接著春雪的聽覺就收到了一陣顯示答錯的『噗噗──』聲。這是聊天程式附設的音效。

「那、那我猜豬肉。」『噗噗──』「咦~?難道說是牛肉?」『噗噗──』「羊、羊肉?」『噗噗──』「該不會是魚類?」『噗噗──』

猜到這裡，春雪舉起雙手表示投降，謠見狀露出耐人尋味的笑容，打出了一串意想不到的文字：

【UI>那麼，明天我切給你看，我想多少會帶來一點精神上的傷害，請做好心理準備。】

「切……切肉?」

【UI>好了，趁時候還早，趕快來收拾落葉吧。看樣子已經全乾了。】

人家微笑以對，春雪也不便繼續追問，於是點點頭說：

「嗯、嗯，那我去拿垃圾袋。」

春雪跑向中庭的打掃用具間，順便朝小木屋裡頭瞥了一眼。角鴞已經吃得很飽，在棲木上放下耳羽，以一貫的單腳站立姿勢閉上眼，一副很睏的模樣。

垃圾袋的外觀倒是數十年如一日，而把大量落葉裝進垃圾袋則花了將近三十分鐘。如果弄成巨大的火堆，在裡面烤個地瓜──他在老電影與漫畫中看過這樣的情節──也許可以弄出烤得開心、吃得美味的料理。然而要是在校內生火，警報立刻就會響起，不但會引來大批緊急救難車輛，當事人還會遭警察逮捕——這一點都不誇張。而且先不說這些，未成年者光是要取得打火機之類的點火裝置便已極為困難。即使是去年嚴重霸凌春雪的那些人，也沒做出在校內抽菸這種永恆傳說級的不良行為。

也因此，他們兩人也只能辛辛苦苦提著八個好不容易才裝滿落葉的垃圾袋，拿到位於前庭角落的垃圾收集處。等到工作結束，時間已經是下午四點二十分了。

「呼……總算解決了。」

【UI＞辛苦了。】

兩人對望一眼，露出鬆了口氣的笑容，接著先後洗完手。這樣一來，今天的任務就全部結束了。之後春雪跟千百合約好一起去探望拓武，但田徑社的活動要到五點左右才會結束，所以還有一點時間。正當他心想該怎麼辦才好時——

謠用純白的手帕仔細擦完手，輕輕歪了歪頭，在空中觸控了一下。她以右手操作視窗，同時靈巧地只用左手敲著鍵盤。

【UI＞楓姊寄郵件來了。標籤寫著「緊急」，所以不好意思，我要先看一下。】

謠所說的「楓姊」就是Sky Raker——倉崎楓子。春雪剛開始還有點納悶，不明白為什麼就讀澀谷區高中的楓子能將郵件送到校內，但很快地便恍然大悟。春雪的神經連結裝置一連上梅鄉國中校內網路，就會自動擋住與全球網路的連線，但謠則是以來賓身分進入梅鄉國中網路，所以多半不會受到這個限制。而且她都是透過大腦之中的「腦內植入式晶片」來使用一般網路，因此就算一直連上全球網路，也不會出現在對戰名單上。

「好、好的，請。」

春雪點點頭，於是謠迅速打開郵件，目光在內文上掃過。

緊接著，她那對混了淡紅的大眼睜得不能再大，深深吸氣的嘴唇還頻頻顫動。

「咦……怎、怎麼了？」

春雪大吃一驚，朝謠走上一步。

少女雙眼的焦點從虛擬桌面轉移到春雪身上，以微微顯得生硬的指法敲打鍵盤：

【UI＞有田學長知道有個凶惡的PK集團叫做「Supernova Remnant」嗎？】

「……！」

——他知道。嚴格說來是今天早上才知道，但之後的八個小時裡，這個名稱已經隨著一股壓倒性的恐懼，深深刻在春雪的意識之中。

「……嗯、嗯。這些人……怎麼了？」

春雪有股極為不祥的預感沿著背脊直竄上來，以沙啞的聲音問出這句話。

【UI＞今天上午，四名疑似「Remnant」成員的高等級超頻連線者，在新宿區的無限制中

立空間裡攻擊一名超頻連線者……】

春雪表情扭曲，盯著視窗中跑過的櫻花色字體。

此刻春雪腦海中只有「不會吧？」「怎麼可能？」這些念頭翻騰不已——不會是阿拓，我午休時間打去時，他不就接了電話嗎？而且不管是我或黑雪公主學姊，他都記得清清楚楚啊。

然而，下一秒出現在視野當中的幾個文字，卻帶給春雪更大的震撼。

【ＵＩ＞……據說，這四人反而全軍覆沒。】

「咦……全……全軍覆沒……？」

春雪一時之間對這段文字意會不過來，茫然地反問回去：

「全軍覆沒……是說這最為凶惡的ＰＫ集團『Remnant』……被對方一個人打敗……？」

【ＵＩ＞看來是這樣。信上說當時那一帶有軍團在辦獵公敵的長期營隊……由於戰鬥特效太劇烈，令他們注意到了這場戰鬥，於是派人去偵察。信裡還說，就在他們的見證下，四名圍攻方的玩家接二連三倒下，而且更在戰死的同時發生「最終消滅」現象。也就是說，我們可以推測這四人與他們圍攻的那人把所有點數都賭在「生死決鬥卡」上。】

「呃、呃……所以事情是這樣，Remnant的四個人在現實中出手攻擊某人，威脅對方同意進行生死鬥……結果卻遭到這個人反撲，反而全都一口氣失去了所有點數……？」

【ＵＩ＞楓姊也說她這麼推測。】

「到……到底是誰做出這麼誇張的大逆轉……是『王』嗎……？是『王』拿自己當誘餌，引出Remnant並解決了他們……？」

春雪只能勉力推測到這一步，但謠卻以凍結住了似的表情慢慢搖頭，以更加生硬的指法在空中敲著鍵盤：

【ＵＩ＞不是。信裡說獵公敵的軍團所目擊到的「那一人」，是個有水藍色裝甲的重裝型角色，右手裝備著貫穿屬性的強化外裝。他將右手刺樁釘在敵方集團殘存的最後一人身上，並將對方提到大批目擊者面前，告訴大家這人是「Supernova Remnant」的成員後，便給予其致命一擊，之後就從傳送門離開了。楓姊說……】

頓了一瞬間後，最後一行字從春雪面前慢慢跑過。

【ＵＩ＞他就是「Cyan Pile」。】

8

春雪在奔跑。

他出了校門，從北邊不遠處的青梅大道轉向東。放學時他經常就這樣一路走到環狀七號線大街，但現在他得爭取時間，因此沿著斜斜穿過住宅區的上學路徑朝相反方向前進。

就算走最短路徑，從梅鄉國中到住家大樓也有一點五公里左右，要毫不停留地跑完全程，對春雪來說是相當難熬的苦差事。體育課被迫長跑時會令人覺得簡直像拷問，但現在他幾乎完全沒有這種感覺，就只是任憑一股無底的焦躁感驅使，接連將空氣送進肺裡，踢著地面不斷往前進。

四埜宮謠告知倉崎楓子寄來的緊急郵件內容後，僅僅幾秒春雪便已開始行動。他先將飼育委員會的日誌檔提交校內網路，並送了封郵件跟還在社團的倉嶋千百合說聲「我先去探望阿拓」，最後再拜託謠把這個情報告知人在學生會辦公室的黑雪公主，自己先衝出了校門。

「……阿拓……為什麼……到底……」

粗重的喘息聲中，夾雜著斷斷續續的隻字片語。額上的汗水流進眼睛，他以握緊的拳頭用力擦掉。

楓子傳來的情報本身並沒有那麼緊急。畢竟拓武——Cyan Pile已經以一敵四獲得勝利，平安脫離了無限制空間。午休時間他可以正常回應春雪的呼叫，就足以證實這一點。

但在演變成這種狀況之前，一定出了什麼「問題」。這點錯不了。應該臥病在床的拓武，卻在新宿跟ＰＫ集團交戰，這個狀況本身就不正常。而且儘管春雪不願去想這個問題，但確實有個不能忽視的謎。

他為什麼贏得了？

Cyan Pile現在跟Silver Crow一樣是5級。雖然不算初學者，卻也算不上老手。相較之下，既然Remnant的成員算是「高等級」玩家，相信所有人至少都有6級才對。同時應付四個這樣的敵人就算了，居然還是在沒有規則可言的無限制中立空間裡大獲全勝，這真的有可能嗎？至少春雪自己絕對辦不到。

當然拓武的物理攻擊力可以掛保證，冷靜與智計更遠非春雪所能及。但即便如此，遭到四個等級比自己高的超頻連線者同時圍攻卻還能取勝，這實在不正常。黑雪公主也說過，她當初同時跟五個同等級的「王」交手時，連一個人都解決不了。

有問題。一定有什麼「問題」扭曲了遊戲的定律，而這個問題一定還沒消失。午休時間跟拓武通話時，對方嗓音中有著些許空洞，那多半不是發燒造成的……

「…………阿拓…………」

從中央線高架鐵路沿線道路左轉上環狀七號線，便能看見前方那棟熟悉的高層住商混合大樓。春雪拚命使喚疼痛的雙腳，再次以沙啞的聲音呼喊好友的名字。

——吾友。相信事情還沒嚴重到連這份情誼也已消逝。

心下這麼祈求的同時，春雪卻也不得不理解到一件事：光是現在跑得這麼拚命，就表示自己已經下意識感受到兩人之間的羈絆開始動搖。

春雪、千百合與拓武他們三人所住的住宅大樓，是一棟住商混合型設施，從地下一樓到地上三樓的部分都是大型的購物商場。

商場中不但包括了販賣食品、生活百貨、服飾與電器的店家，甚至還有中等規模的多功能電影院，提升了整棟住商大樓的附加價值。來購物的人當然不只有大樓住戶，因此商場與住宅樓層的界線上，設有防備森嚴的進出管制入口。訪客自然不用說，連住戶都必須以神經連結裝置或生物特徵通過認證才能通行。

春雪站在電梯間前方的入口處，等待視野中的標示變成藍色，時間不過短短幾秒卻讓他心急如焚。當金屬橫槓往上彈起的瞬間，他立刻以身體擋住正要關上的電梯門硬闖進去。看似大樓住戶的婦人皺起眉頭，但少年僅僅簡單地點頭示意就轉過身去。

春雪住在東邊的B棟二十三樓，千百合則是同屬B棟的二十一樓，但拓武卻是住在靠西邊的A棟十九樓。春雪理所當然地坐上了A棟的電梯，聽著與平常所聞有些不太一樣的馬達運轉聲，眼睛盯著彷彿在吊人胃口的樓層顯示數字慢慢增加。

春雪小時候每天一從小學放學回家，就會二話不說地衝出家門，跟千百合與拓武一起跑去購物中心裡的遊樂場或是附近的公園玩到天黑。等餓著肚子回來，三人就會在商場一樓互相揮手道別，春雪與千百合走向右邊的B棟電梯間，拓武則走向左邊的A棟電梯間。

若在進出管制入口前回頭，相信拓武眼中一定看得見春雪與千百合並肩跑向電梯的背影。

那時候，他是怎麼想的？

搞不好就是幾年來一直壓在心中的這種情緒，讓當時才小學五年級的他下定決心，對千百合做出多少有些倉促的表白。

……記得那天雨雪交雜，十分寒冷。而事情就發生在傍晚。

遇到這種天氣，春雪也沒心思去外面玩，一個人躲在家裡玩遊戲。後來門鈴響起，自動切斷了完全潛行。春雪滿臉不高興地開門一看，發覺千百合就站在門外。

看到兒時玩伴跟平常不太一樣，令春雪有些訝異，讓她進了家門。千百合坐在床上，一句話也不說，過了好一陣子才以細小的聲音把事情說了出來。

拓武對她表白，而她不知道該怎麼辦才好。

春雪當時還只有十一歲，當然也不知道該怎麼辦。在等量的震驚與混亂侵襲下，他只能茫然地看著千百合的側臉，但他心中卻直覺地確信一件事——

如果千百合拒絕，那麼拓武多半會離開，他們三人放學後的黃金時刻也將一去不復返。

當表情無助的千百合問「小春，你覺得我該怎麼辦」時，春雪幾乎是反射性地回答。

——妳跟阿拓很配，而且就算你們交往，我也不會因為這樣就不跟你們當朋友。

於是千百合深深垂下頭，用手背擦了擦眼角；然後她抬頭微笑著說：「嗯，我知道了。」

可是到頭來春雪這句話卻成了謊言。等千百合跟拓武開始交往，春雪也開始與他們保持距離。到了六年級暑假，他們幾乎再也沒有三個人一起玩過。

上了國中後，拓武似乎曾建議千百合一起去讀新宿的學校，但她說這件事自己早有決定，選擇了離家近的梅鄉國中。

千百合多半是放不下三人之間即將分崩離析的關係，希望至少要維持住這個圈子的存在。然而這個決定，卻逼得拓武進一步走上絕路。他企圖透過所屬社團——劍道社——社長給他的「BRAIN BURST」，獲得足以留住千百合的力量。而他也確實以「加速」的力量，拿到了全學年第一名，還在東京都劍道大賽中奪得冠軍；只不過，為了維持這樣的地位卻導致他的超頻點數枯竭，因此輸給了禁忌的作弊工具——「開後門程式」所帶來的誘惑。

拓武以直連將程式放進千百合的神經連結裝置，拿她當跳板入侵梅鄉國中的校內網路，找出全加速世界懸賞獎金最高額的通緝犯「Black Lotus」的名字，試圖獵殺她，之後……

電梯在平緩的減速感中停住，讓春雪抬起一直看著地板的視線。

門在顯示十九樓的投影標籤下打開。回到大樓之前跑得那麼拚命的雙腿，如今卻莫名地沉重。在背後那名女性刻意的清嗓子聲催促下，春雪終於在門即將關上之際，踏上了公共走廊。

他知道拓武家是一九〇九號室，卻沒來過幾次。因為拓武的雙親對於獨生子的教育非常熱心，看到朋友來找他時從沒給過好臉色。

今年年初，拓武決定從先前就讀的新宿區著名升學校轉到梅鄉國中時，似乎發生了嚴重的爭吵。身為帶壞他們獨生子的主嫌（相信他們是這麼認為），這個家的門檻對春雪來說變得比以前更高了，但不知能否說是幸運，拓武的雙親都有工作，相信沒這麼早回到家。

只走了比記憶中短得多的幾十步，寫著【黛】字的門牌便映入眼簾。

春雪站在顏色與B棟不同的門前，替先前中斷的回想閉幕。

——我們經歷過很多事，也犯了很多錯。可是我跟阿拓在「煉獄」那一戰中，首次有機會用拳頭交心，說出了彼此的真心話。相信從那個時候起，我們才算是成了真正的朋友。不管發生什麼事，唯有這個事實是不會改變的。

春雪深吸一口氣，舉起右手，按下顯示在視野中的門鈴按鈕。

經過稍顯漫長的等待後，回答的嗓音果然不是拓武的雙親，而是他本人。

『……請進……不好意思，請你直接來我房間。』

拓武應該是藉由門上攝影機確認春雪來訪才對，然而剛剛這句話，彷彿暗示了他早已料到春雪會來。拓武說完後，門鎖隨即打開，春雪拉開推拉式的門把，輕輕說了聲「打擾了」，隨即走進玄關。

春雪脫下運動鞋擺放整齊，接著踏上走廊。他順著遙遠的記憶前進，敲敲右邊第二扇門。聽見拓武親口說的「請進」後，春雪轉開門把。

房裡沒有開燈，只有從西側窗戶射進來的暮色微微照亮室內。穿著牛仔褲與七分袖上衣的拓武坐在床上。他將有一半只看得到輪廓的臉轉過來，對著春雪微微一笑。

「嗨，小春——別站著，坐啊。」

「嗯……嗯。」

春雪點點頭，踩著生硬的腳步走進房間。看來裡頭的家具有些是從小學用到現在，有些則已經換新。但與春雪的房間相比，這裡的東西壓倒性地少，而且還是老樣子整理得井井有條。春雪從鋪著藍灰色地毯的地板上走過，放下書包，在拓武右手邊離了八十公分左右的地方坐下。折疊式的床咿呀作響，高彈性床墊也下陷將近一半。

春雪雖然在衝動驅使下一路跑到這裡，但實際跟拓武面對面後，卻不知道該從何說起。

拓武再度低下頭，左手蓋住膝蓋上的右臂。他的模樣與昨天在春雪家道別時不太一樣，這點可以確定。但資訊太過於錯綜複雜，讓春雪完全掌握不了好友處於什麼狀況。

沉默了將近十秒，春雪才想起自己是來探病的，於是開口問：

「阿……阿拓，你今天感冒請病假……身體還好嗎……？」

「嗯……對喔，我都忘了有這麼回事。」

拓武輕笑了幾聲，聳聳肩說下去：

「今天早上有點發燒是真的，不然我爸媽才不會讓我請假。可是不用擔心，上午我吃了在醫院拿的藥，燒已經退了。」

「你去過醫院了……？」

——那這一切都是我想太多？

不對，ＰＫ集團「Supernova Remnant」在今天將近中午時被一名超頻連線者打垮，這的確是事實。不過那也許是別人，只是外觀跟Cyan Pile很像。畢竟當時拓武在醫院看診，不可能在新宿遇襲……

「嗯。新宿有間可以用家父勞保的醫院，所以早上他開車送我過去。」

——拓武這句話，截斷了春雪那近乎願望的思緒。

「新……新宿……？」

春雪以僵硬的嗓音複誦了一次，拓武那始終維持平靜的聲音繼續傳入耳中：

「……看診一下子就結束了，感冒也不嚴重，我想說難得過來，不妨趁這個機會在新宿區收集情報……於是我寄了封郵件給以前交情挺不錯的藍色軍團（獅子座流星雨）成員。只是雖說交情不錯，但終究沒有好到會在現實中見面。我跟他說好在車站附近一家小遊樂場的區域網路碰頭……沒想到那傢伙竟然把我出賣給PK集團……」

拓武哼哼輕笑兩聲，讓春雪只能茫然看著他陰沉的側臉。

好友的背縮得更駝，右手握得更加用力，以慢慢轉低的嗓音說下去：

「看樣子PK集團那幫人得到了曾是我『上輩』的那名超頻連線者個人資料，從這條線篩選出可能是Cyan Pile的學生。四個看起來就像在道上混的人，押著我進了遊樂場裡面的多人用潛行攤位，還拿出玩具般的小刀要我自己選。說看是要用直連對戰被抽光點數，還是在無限制空間死一次了事。不過，要是我出手抵抗，他們有沒有那個膽用刀倒是頗令人懷疑……」

哼哼，哼哼哼。拓武笑得肩膀顫動。笑聲中帶著幾分春雪似曾相識的扭曲音色：

「我當然選擇了變數較多的無限制中立空間……不過這『最強PK集團』果然名不虛傳，每個人的戰術與戰鬥力都在我之上。他們打算把拚命掙扎的我慢慢折磨到死……」

這段令人戰慄的獨白讓春雪聽不下去，用沙啞的聲音打了岔：

「……是心念嗎？你是用『心念系統』的力量打敗他們的？沒、沒有啦，我沒怪你。換做

是我遇到這種情形，一定也會毫不猶豫地拿出來用……」

但拓武緩緩搖頭：

「我當然一開始就用了。不過他們也是心念的高手。初步的強化威力技能『蒼刃劍』，碰上他們的負面心念完全不管用。」

「那……你是怎麼……？你是用什麼方法殲滅『Supernova Remnant』的……？」

春雪的這個問題，在愈來愈暗的三坪大房間裡重重沉了下去。

經過一段稍長的沉默後，他耳中所聞並非直接的答案，而是訴說往事的乾澀嗓音：

「……我之所以會感冒，是因為昨天晚上拿『要去參觀升學補習班』當理由跑出門，結果吹了太多冷風。我爸媽不相信完全潛行式的遠距教學，老是嚷著要我進真正的補習班。我去的地方，是世田谷南邊所謂的『人口密度偏低區』，結果那時下了點雨……」

春雪一直困惑地默默聽著拓武說話，聽到這裡卻突然背上一顫。

「……世田谷區的……人口密度偏低區……？」

他以沙啞的嗓音複誦。這個地方最近才有人提過，沒錯——昨天早上跟春雪進行封閉式對戰的綠色軍團成員「Ash Roller」提過這個地方。他說，有傳聞顯示他的小弟Bush Utan跟著搭檔Olive Glove，在世田谷和大田這些人口密度偏低的地區，用怪招贏了很多場。

而告訴拓武這個消息的人，就是春雪自己。

昨晚團員們回家後，他請拓武留下來商量一件事——應該怎麼處理暗中在加速世界散播的神祕強化外裝「ＩＳＳ套件」。當時他應該還提到感染主要在世田谷、大田跟江戶川等地區進行。

那麼，之後拓武先回家一趟，然後孤身一人到了世田谷區？記得他在道別時說「我會用我的方法試著收集情報」。但他為何要這麼莽撞，什麼都不清楚就孤身跑去危險地帶……？

春雪上半身轉向左邊，茫然地瞪大眼睛，拓武則像要逃開那道視線般，將頭垂得更低。

他那被健壯肩膀線條遮住的嘴邊，發出了平靜卻缺乏抑揚頓挫的嗓音：

「……我只是想親眼見證，看看是不是真有這種強化外裝存在，想知道這玩意是不是連紅之王Scarlet Rain告訴我的加速世界大原則……『絕對學不會跟虛擬角色屬性相反的能力』這個絕對的極限都能打破……」

「……阿拓……」

「小春，這句話我只跟你說：很遺憾，我的對戰虛擬角色『Cyan Pile』是個缺陷品。照你以前常玩的網路ＲＰＧ說法，就是所謂的『練壞了』。」

聽到這句話的瞬間，春雪衝動地想開口；但拓武左手微微一動，制止他反駁：

「我並不是想抱怨什麼。畢竟把Pile塑造成這種模樣的就是我自己。這個角色是相當高純度的近戰型，卻有一半以上的潛能都灌在遠攻型強化外裝上。以前我說過理由在於自己身為劍道選手卻對突刺招式有過剩的恐懼……可是，我想一定不只是這樣。」

拓武低著頭說話，然而此刻只看得見他側臉的輪廓，卻看不出上面的表情。現在明明是六月，充滿整個房間的空氣卻又乾又冷，刺激著呼吸器官。拓武的聲音也變得愈來愈沙啞，愈來愈低沉：

「…………接著是我自己的想像。如果一個人心中塑造出虛擬角色的『精神創傷』，也就是心中最深刻的記憶與相關情緒，是往整個世界發散，便會將角色塑造成紅色系……如果這些情緒集中到明確的對象身上，則會成為藍色系。如果假設正確，Cyan Pile的原形肯定包含了我想對小學時欺負我的那些劍道教室高年級生報仇的心理。不過仔細想想，當時的我其實有著遠比那些記憶更重要的東西。沒錯……就是小春你，還有小千。構成我對戰虛擬角色的源頭，不可能不包括對你們兩個人的感情……」

這時春雪總算從乾渴到了極點的喉嚨擠出了幾句話：

「這……我還不是一樣。我的……Silver Crow裡面，也裝滿了對你跟小百的感情啊。」

「嗯。我想也是，小春。可是啊……我不像你是赤手空拳誕生，而帶著那鐵樁……我的角色塑造出來時，就裝備著那具『打樁機』。明明屬於近戰，卻又偏向遠攻，非常矛盾……這也就表示，我心中對你們有著矛盾的感情。我就先不明講到底是什麼了……可是……」

拓武忽然坐起，將半籠罩在黑影當中的臉孔微微轉向春雪：

「可是，我想一定就是這種感情，讓我在三年前突然對小千表白，弄得簡直像在考驗你們一樣。不，還不只這樣。去年我之所以在小千的神經連結裝置裡放了『開後門程式』……應該說我之所以下得了手放這種程式，也是因為這種感情。我心中有一半希望繼續維持三個人的圈子，另一半卻想毀了這種關係。一直都是這樣，只有我一個人這樣。就是這種矛盾，扭曲了我的對戰虛擬角色。」

「……阿、阿拓……」

聽好友說出這嘔血般的告解，春雪卻只能呼喊他的名字。

拓武淚中帶笑，繼續發出龜裂的嗓音：

「小春，你曾經想過小千的『Lime Bell』為什麼會獲得那種力量……獲得『倒轉時間』這種不得了的力量嗎？那一定是因為……因為小千她打從心底想回到過去，回到我們每天一起玩到天黑的那個時候……小千會有這種令人悲傷的願望，都是我造成的。她希望我們三個人的圈子可以一直維持下去，但我卻毀了它兩次。」

說到這裡，拓武將整個身體往右轉，靠向並肩坐在床上的春雪。

好友無框眼鏡下的雙眼微微濕潤，讓春雪只能無言地看著這幅光景。

「……我以為有機會補償。奇蹟般地進了『黑暗星雲』這個全新的圈子，讓我以為全力支撐、保護這個圈子，就是我唯一能做的補償。可是……Cyan Pile不像你跟小千的對戰虛擬角色那樣是靠純粹的『願望』構成，它體現出來的是一種『扭曲』……這遲早會變成我們軍團的弱點。不，已經慢慢變成弱點了。所以……我覺得……最好趁這種情形發生之前就先消失……」

「…………就為了這個…………？」

拓武這削下自身血肉似的告解讓春雪再也聽不下去，他忍不住開口說出在這番談話中自己幾乎已經完全確信的推測。

「你去找『ＩＳＳ套件』……就是為了這個……？」

幾秒鐘後，一直露出無力微笑的拓武輕輕點了點頭。

「…………對，我在世田谷第三戰區長時間保持接受挑戰狀態，最後有個超頻連線者跑來找我……他切換成『封閉模式』，跟我說……如果我想要，他可以分給我力量。不過，我並不是從一開始就只想要力量。『ＩＳＳ套件』就跟大部分未使用的強化外裝相同，一開始是封在物品卡裡面，所以我本來打算直接留在物品欄裡面，等到下次軍團會議時再拿出來請軍團長她們分析。可是……今天上午被『Supernova Remnat』那幫人攻擊時……我在無限制中立空間被打得毫無招架之力……虧我本來還有所覺悟，想說就算就這樣被幹掉也沒什麼不好……」

拓武那張清秀的臉上，瞬間閃過令人倒抽一口涼氣的慘烈表情。他發抖的嘴唇，在自嘲的笑容中吐出沙啞的聲音：

「……不知不覺間，我喊出了那個人告訴我的ＩＳＳ套件啟動指令。接下來發生的事……

老實說我記不太清楚了。不過……有一點我很確定──我並不只是打倒他們而已，還以比先前他們對我做的事情殘酷數倍……甚至數十倍的方法把他們折磨到死。我讓最後一個人剩下最後一口氣，把他帶到在遠方看我們打鬥的獵公敵隊伍前面，逼他吐出那些ＰＫ混帳的所有情報，然後給了他致命一擊……只不過對那些觀眾來說，我比『Remnant』還可怕得多吧。」

拓武發出哼哼幾聲乾笑，接著身體又朝春雪湊近了些。

他的笑容皺在一起，以幾乎不成聲的聲音從零距離對他說：

「……小春，我又犯錯了。我明明只是希望這次能讓小千的笑容維持久一點……除此之外別無所求……可是我……」

「阿……阿拓，你在胡說什麼？你明明只……只用了一次套件啊。只要不再裝備上去……或是乾脆拿去『商店』賣掉……」

春雪拚命勸解，但拓武頻頻搖頭，掙扎著回答：

「弄不掉的。那玩意兒只要裝上去一次，就會從物品欄消失，跟虛擬角色融合在一起。不，還不只這樣……它彷彿……彷彿還滲透到了現實世界的我心中……」

拓武說到這裡頓了頓，忽然間伸出左手，用力抓住春雪右肩。

「阿、阿拓……？」

春雪喊了他一聲，但好友什麼都不回答，抓得更加用力。

拓武身材高大，撐不住的春雪朝床上倒去，然而抓在他右肩上的手卻沒有放開。春雪瞪大雙眼想坐起身子，但在這個姿勢下，春雪根本不可能推開身材遠比他高大結實的拓武。

拓武探出的上半身停在春雪上方，以比先前更微弱、更無力的嗓音說：

「小春，請你毀了我。」

「咦……」

「算我求你……請你親手把我毀得片甲不留。要不然，我會再也……再也想不起自己到底想要什麼……想不起自己渴望什麼……」

不知不覺間，拓武右手上已經握了一條細細的黑線。

那是條長約一公尺的ＸＳＢ傳輸線。

拓武左手按住春雪右肩，先將接頭插進自己那具藍色神經連結裝置上。

接著他讓傳輸線滑過自己強健又修長的手指之間，握住另一端的接頭，湊近春雪神經連結裝置上的直連孔。

一陣微微的壓迫感下，火紅的有線式連線警示標語在視野中閃爍，隨即消失。

拓武顫抖的嘴唇為了唸出加速指令而吸氣。

左眼眼角底下的一滴水珠還沒從春雪臉頰上滑落，雷鳴般的加速聲便已轟隆響起——整個世界就此轉暗。

9

儘管對戰開始時的間距會隨場地屬性而略有調整，但即使對戰者在現實世界中緊緊貼在一起，BRAIN BURST程式還是會讓雙方至少分開十公尺以上。

因此，當春雪化為擁有白銀裝甲的對戰虛擬角色「Silver Crow」出現在虛擬空間時，好友的身影並未直接出現在他眼前。

腳邊是焦黑龜裂的水泥地，大樓的牆壁全部消失，只剩表面已經炭化的巨大柱子支撐上下樓層。背後是片可以直通外界的空間，放眼望去，只見北高圓寺的街景彷彿遭到超高溫火焰肆虐般，一片焦黑。

這是「焦土」場地。所有地形都比「黃昏」更加脆弱，但就算破壞地形，必殺技計量表也上升不了多少。除此之外，這裡甚至沒有任何能作為戰術用途的可動物件或微小生物，是片徹徹底底的不毛之地。

超頻連線者的本能，讓春雪儘管處於這樣的狀況，仍然不忘先弄清楚場地屬性。接著他才將視線轉回正面。

就在離了十公尺遠的地方，有個高大的輪廓雙手下垂，低頭站著不動。

強健的四肢覆蓋著彩度稍低的淡藍色裝甲，面罩上則並排著多道細長的橫向縫隙。而他右手手肘以下，更裝備著一具露出銳利金屬光輝的砲身型強化外裝──「打樁機」。

他一開始是敵人，隨後則成了與自己共同擔任軍團前鋒的好搭檔。春雪雖然已經看過這個身影無數次，卻仍然無法不去意識這個重量級虛擬角色全身散發出來的壓迫感。

如果只看體型，像獅子座流星雨的「Frost Horn」等更為大型的虛擬角色也不在少數，但春雪就是覺得對方身上那種濃縮成高密度的力量感明顯比他人強上一截。至少他絲毫感覺不出拓武剛剛對自己下的評語：「因為本體與外裝屬性矛盾而無力」。

春雪在銀色面罩下深吸一口氣，下定決心朝拓武──「Cyan Pile」踏上一步。

「阿拓。」

即使只叫綽號，但在對戰場地上叫出對方現實中的名字依然是一大禁忌，但這次是直連對戰，一個觀眾都沒有，因此春雪特意用現實世界的稱呼，將仍然一團亂的思緒原原本本地拋了出來：

「阿拓，為什麼……我們為什麼非打不可？你的實力有多強，我再清楚不過了。哪還需要重新體認……」

但站在遠處陰影下的拓武卻緩緩搖頭，打斷了春雪的話。

「不對，小春。你清楚的應該不是我的實力多強，而是我的極限在哪裡……不管是昨天的『朱雀攻略戰』……還是跟『Dusk Taker』的決戰……抑或是『災禍之鎧討伐戰』，我沒有一次能在你身旁待到最後，不是嗎？」

他說話的語氣十分平淡，甚至不包含半點自卑。但春雪卻微微感覺到一股遭到強行壓抑、渴望獲得解放而洶湧翻騰的情緒：

「——我不打算事到如今才來否定『同等級同潛能』的原則。這半年來，我跟你的等級一直相同，所以對戰虛擬角色的性能本身並沒有太大的差異。我的問題……不在於虛擬角色不夠強，而是超頻連線者自己不夠堅強。你不管面臨什麼樣的逆境，不管跟對手之間的實力差距有多大，都能咬緊牙關挺身對抗……我缺乏的，就是你這種強韌的精神。沒錯……我承認，我一直很羨慕你。羨慕你這具由太純粹的願望、希望具體化而成的身軀，更羨慕不斷用這份力量化不可能為可能的你……！」

拓武左手一動，用力握住右手的強化外裝。模樣與短短幾分鐘前還坐在現實世界床上的他實在太過相似。

他再度壓低了聲音說道：

「那種『黑暗』……『ＩＳＳ套件』，就是會從這種精神上最脆弱之處鑽進去，在裡面深深紮根。那玩意不只是單純的強化外裝，而是由純粹的『負面心念』轉化而成的物件。它會汙染裝備者的精神，把負向心念覆寫上去，吞噬負面的感情來成長、增殖……小春，我已經……分不出這股黑色情緒究竟有多少屬於自己……又有多少是受套件所影響了……」

儘管光線昏暗，春雪仍然清楚地看見——拓武掙扎著說完這幾句話後，全身瞬間籠罩在一種淡色陰影般的鬥氣之中。

春雪握緊雙拳，朝前踏上一步。

這已經不是錯覺，他可以感受到強烈壓力冰冷地打在虛擬身體前方。過去Cyan Pile從來沒有發出過這樣的氣息，這表示拓武在某方面已經不是以前的他了。

儘管認知到這點，春雪依然對應該仍是自己好友的同齡少年，說出了最真切的心意：

「阿拓……對不起。」

他說話不經思考，任由滿腔情緒化為言語發出，因為這樣至少不會變成謊言或隱瞞。

「我……從來沒去試著了解你在想什麼、苦惱什麼。我以為你總是那麼冷靜……總是那麼沉穩，毫不動搖地支持我。可是……我只不過是在依賴你。我明明應該知道，你也有自己的目標……要去努力……」

說到這裡他頓了頓，將握緊的拳頭朝向拓武：

「——不過，有件事我要先講清楚。阿拓，你……你才是我崇拜的對象，是我的目標。我從很久很久以前，就想變成像你這樣的人。你剛剛的口氣，說得好像是你自己實力不夠，才會輸給ＩＳＳ套件的誘惑，但事情絕對不是這樣。我相信憑你的本事，不管遇到多艱困的逆境，都可以靠自己的力量克服。」

春雪深吸一口氣，將所有心意灌注在雙眼與拳頭上：

「所以……為了讓你知道這點，我要跟你戰鬥，要拿出所有的本事跟你較量。」

沒錯。

一旦藉由「加速」來到戰場，就只剩下一件事，那就是「對戰」。所有的答案都只有在對戰後才能找到。

這是他最敬愛的人所教導他的第一堂課。

拓武彷彿感受到了春雪拳頭發出來的熱氣一般，抬起之前低垂的頭。面罩的縫隙下，形狀銳利的雙眼亮出泛青色光芒。

春雪將握緊的拳頭慢慢伸展開來，尖銳的五指描繪出劍刃般的直線。

一陣清澈的金屬振動聲響中，劍刃的刀尖籠罩在銀色光芒中。光芒從手指延伸了十五公分左右，撼動虛擬的空氣。這是春雪的心念技能「雷射劍（Laser Sword）」。

拓武默默舉起右手的強化外裝回應。

他讓按在前臂上的左手一滑，抓住從發射筒前端露出的鐵樁尖端，緊接著小聲喊出了招式名稱：

「……『蒼刃劍（Cyan Blade）』。」

鐵椿在鏗一聲撞擊聲響中射出，而他的左手漂亮地抓住這雷電般稍縱即逝的光輝，在空中劃出一道泛青色的弧線，同時右手的強化外裝分解消失，空出來的右手也跟著握住光芒，在正中線上靜止不動。從飛散的光芒中出現的，是一把有著藍色刀刃，刀刃上籠罩著同色光芒的大型近戰武器，也就是拓武在紅之王的教導下透過修行，終於練到可以具體成形的心念之劍。

紅色的夕陽下，兩人在焦黑的樓層中對望了好一會兒。

視野上方的計時器是從一八〇〇秒開始倒數，現在已經剩下不到一五〇〇秒，大約二十五分鐘。但如果雙方都從一開始就拿出心念招式較量，相信這場戰鬥用不到一半的時間就會分出高下。

拓武與在劍道場握住竹刀的時候一模一樣，以雄偉莊嚴的姿勢將雙手劍舉在中段，全身上下就連一毫秒的破綻也找不到。但春雪早已下定決心要主動搶攻。從Silver Crow的能力來判斷，理論上他在前半應該採取守勢，盡量累積計量表，到後半再從空中展開一氣呵成的攻擊，但這場打鬥不需要這種耍小聰明的心機，因為他要的不是長期賺取點數用的平均勝率。遇到這種一次決勝負的大場面，唯一要做的就是拚命燃燒心火，使出渾身解數來較量，這才是所謂的超頻連線者魂。春雪敬愛的她就曾說過「去他的識時務者為俊傑」。

春雪慢慢蹲低姿勢，右手光劍往後收緊。當劍拔弩張的氣氛呈等比級數升高，在空中激盪出小小火花的那一瞬間——

「……喝啊！」

春雪全力朝地面一踢，一瞬間拉近了將近十公尺的距離。他將衝刺的慣性與全身的扭力集中在右手前端，與光速的想像重合在一起。

「唰！」一聲高亢而清澈的音效中，「雷射劍」伸長了一公尺以上，刺向Cyan Pile左肩。

春雪這招屬於四種基本技能之中的「強化射程」，在攻防時可以讓刀刃以超高速伸長。也因此，對手將會很難辨識他的實際攻擊距離。就連「Dusk Taker」第一次遇到這招時，也看不清楚劍尖的軌道。

然而——

面對春雪這劃出不規則軌道的右上段斬，拓武只是微微轉動角度，就以雙手劍漂亮擋住。

高亢的衝擊聲響起，銀與藍的光芒飛濺。緊接著刀刃交錯點嘰一聲滑動，春雪原本從上往下砍的劍轉眼間被壓到下方。

「嗚……」

莫大的壓力，讓他反射性舉起左手伸出另一把光劍，與右手劍交叉成X字形，試圖靠雙劍對抗拓武的雙手劍。

但勢均力敵的情形只維持了短短半秒鐘。籠罩在雙手劍上的藍色鬥氣往上延伸到雙臂後，

重量登時倍增。全力以劍刃互壓的較量，拓武早已在劍道社練習與比賽中進行過無數次，這些經驗加強了他的想像。在沉重的壓力之下，Silver Crow的手肘與膝蓋關節都發出了哀嚎，迸出橘色的火花。

HP計量表減損了幾個像素的長度，換來了少許必殺技計量表。春雪把集到的部分全部用掉，瞬間振動背上雙翼，靠著翅膀產生的推力微微推開蒼刃劍，隨即藉由反作用力一口氣往後跳開。兩人重新拉開距離對峙。

拓武仍然一動也不動地站在起始位置，再次將雙手劍舉到中段，低聲說道：

「小春，你老實地跟我拚力氣是沒勝算的。我要的不是這種打鬥。」

「……嗯，我知道。」

春雪點點頭，跟著慢慢舉起右手光劍。

「剛剛只是打個招呼，接下來我不但要跟你鬥力，更要跟你鬥巧。」

這句話說得很滿，但同時也是鼓舞自己的助燃劑。

拓武的劍技，有鍛練六年的劍道技術與才能支撐。在現實世界握起竹刀對戰自然不用說，就算是在加速世界拿劍對決，春雪也不會有勝算。

然而，現在的春雪卻有新招，能將比強悍對手發出的攻擊化為己身之力。

那就是黑雪公主親自傳授，之後他不斷獨自修練的「以柔克剛」——「四兩撥千斤」。不

是硬碰硬格開對方的攻擊，而是將對手力道引進自己動作的施力向量之中，加以融合再重新出手，是種非常高級的技巧。

雖然不是很有把握，但春雪推測心念系統也發揮了某種程度的作用。儘管強度並未高到會發出看得見的鬥氣，也就是所謂的「過剩光」——但這招確實是透過想像來影響現象，只不過操作目標僅僅針對攻擊威力的軌道罷了。

既然如此，那麼要訣就在於相信。

說來矛盾，但重點就在於相信並接納敵人的攻擊。只憑一股對抗心理去迎擊，終究產生不了融合的心象。不是強硬對撞，而是柔軟地迎合，所以才說是「以柔克剛」。

春雪開始練習這一招不過十天；實戰方面更是少得可憐，包括上次對決Bush Utan那一戰在內只有寥寥數次；更別說這還是他第一次用來應付劍刃，還是在心念戰中嘗試。但春雪對拓武承諾過，要拿出自己的一切本事跟他較量，所以不容許任何保留或藉口。

春雪深吸一口氣、吐出，接著將寄宿在右手上的光之劍，縮成只蓋住五根手指的過剩光。

拓武神色一變，瞇起在面罩縫隙下的雙眼。然而他立刻理解到春雪並未放棄比賽，因為那隻右手上的鬥氣光芒經過濃縮之後反而更加強烈。

「……接招吧，阿拓！」

這聲叫喊也帶動了拓武。

「來吧，小春！」

春雪身軀微沉，接著猛然往地板一踢，果敢地再度前衝。這回拓武也為了制敵機先而揮劍迎擊。配備刀劍類強化外裝的藍色系超頻連線者很多，但沒幾個人練過劍道。跟這些人相比，拓武光是出招的速度就完全不一樣。

拳擊的揮拳動作也是一樣，經過千錘百鍊的招式裡，不會有誇張的預備動作存在。拓武不像其他超頻連線者會高舉雙手蓄力才往下砍，他的劍尖微微一動，春雪便發現劍刃已經直逼眼前。如果這是在現實世界，想必春雪在搞清楚狀況前便已吃上苦頭了吧。

但在完全潛行環境下的知覺與反應速度，正是春雪唯一引以為傲的能力。

「蒼刃劍」的劍尖神速逼近額頭，轉眼便要劈開面罩；然而春雪將五感完全發揮，或許還用上了直覺，認清了劍刃的軌道。

遠方傳來「鈴～」的一聲響，世界的顏色變了。隨著「超加速感覺」的來臨，劍速放慢了一點，真的只是一點點。

——就是這裡！

春雪輕輕地以右手指尖湊上致命刀刃的側面，也就是殺傷力較為薄弱的劍脊處。

要不是有過剩光保護，即使只碰上刀刃側面，春雪的手肯定還是會當場灰飛煙滅，能超越所有遊戲內物理定律的心念就是這麼可怕。然而眼前籠罩在他右手上的「光速」想像，擋住了

拓武的「切斷」想像。

只是話說回來，要是從正面硬接刀刃，多半還是會被一刀兩斷。因為春雪的心念是「強化射程」，而拓武則是「強化威力」。先前拓武之所以會斷言「拚力氣你沒勝算」理由就在於此。也正因為這樣，春雪才會嘗試以柔克剛。

當然拓武的劍剛毅而嚴謹，沒有這麼容易帶偏。要像黑雪公主那樣將攻擊力道扭轉一百八十度，他是絕對辦不到的。然而春雪在上次和Bush Utan對打時學到了一點——如果只求帶偏鋒芒以避免受到致命傷，所需進行的干涉遠比想像中要小。

他放上劍脊的手指輕輕加了幾分力。

雙方過剩光的接觸面受到壓縮，濺出火花。這種時候不可以硬碰硬。春雪腦中閃過前幾天Ardor Maiden以手掌擋住Bush Utan「黑暗擊」的身影。她當時用的招式並非「以柔克剛」，然而Maiden的火焰鬥氣裡沒有絲毫敵意或惡意，只有試圖接納、平息並撫慰對方激動心情的淨化意志。雖然明知自己的道行遠不如那名少女，但此刻春雪心中同樣不存在一絲一毫對於拓武的敵意，就只是——想告訴他一件事。

想告訴他，有田春雪是多麼相信黛拓武這個人。

籠罩在蒼刃劍上的鬥氣，彷彿充滿了拓武的混亂、後悔與渴望。

春雪彷彿想撫慰他的這些心情一般，以指腹及手掌輕輕貼上劍身——想像輕輕一帶，動作往旁一推。

「鏗！」的一聲，貴重金屬掉到硬質地面似的聲音於腦中響起，橘色火花在視野中拖出無數線條。雙手劍的劍尖掠過Silver Crow面罩左側，繼續朝後方砍去。

春雪那隻從指到肘都貼在劍上的右手，順勢朝前方打出。

這一下自然而然地近似於中國拳法中的肘擊，命中Cyan Pile的左肩與身體連接處，一股紮實又沉重的應手感隨即傳來。上半身被這一招撼動的拓武用力踩穩腳步，企圖拉回劍刃。

想來這招「四兩撥千斤」之後再也無法對拓武用得這麼成功了。憑拓武的聰明才智，肯定瞬間就能猜出春雪所為與其運作邏輯，並立刻想出對策。因此現在絕不能拉開距離，只能繼續黏上去——瘋狂搶攻！

「喔……喔喔！」

春雪咆哮一聲，動用剛剛正中一招而加算的必殺技計量表，全力振動左邊的金屬翼片。一股爆炸性的推力，讓朝左偏向的身體毫無預兆地往右轉動。春雪利用轉身的力道，左膝朝著拓武因舉起劍刃而空門大開的右腹部頂去。又是一記痛擊。

「嗚……」

拓武悶哼一聲，但並未就此停下動作。他不用刀身，改以刀柄擊向春雪的頭盔。當然這樣的攻擊在劍道比賽裡不算分，不過拔刀術裡似乎有這種反擊技巧。

這一擊的時機抓得極準，往前後左右閃避都來不及。但春雪卻故意讓當作軸心的右腳腳底一滑，全身垂直下墜。雙手劍劍柄驚險地掠過眉心，繼續朝後打去。

春雪這不折不扣的玩命閃避，剎那間似乎讓拓武也有點不知所措。基本上劍道比賽中不大會往下攻擊，但春雪如果順勢倒地，至少也會有一瞬間無法反應。拓武似乎打算趁機壓制，舉起了右腳。

不過，往正後方倒下的春雪卻在幾乎貼地的高度，將雙翼推力往頭頂的方向解放，做出彷彿有條隱形繩索拉著他腳一般的緊急滑行。等Cyan Pile的右腳沉重地踏上地面，春雪早已經用後空翻的姿勢從地面跳起，更順勢以右腳腳尖朝對手裝甲稍薄的背部踢出格鬥遊戲中常見的「起身攻擊」。拓武腳步踉蹌之餘仍試圖轉身，春雪卻利用右翼的瞬間振動轉為滑步衝刺，右手朝著拓武的死角挺劍直刺。

帶上心念光芒的手刀，刺中了Cyan Pile的左肩，像撕紙一樣輕易地劈開厚重的裝甲。

這利用雙翼或單翼產生瞬間推力做出的三次元機動，正是春雪最近修練了好一陣子的另一項技術——「空中連續攻擊（Aerial Combo）」。必殺技計量表只要累積到一成左右就足以發動，而且只要攻擊不斷命中，就可以無限地連段下去，再加上動作本身極為不規則，第一次遇到時幾乎完全不可能破解。就連黑之王都曾經被逼得連著幾十秒都只能招架而無法還手。

「唔……喔喔喔喔！」

春雪在尖銳的喊聲中，將連段的速度繼續加快。

Cyan Pile不愧是接近純色的藍色系角色，即使吃了這麼多記攻擊，HP計量表仍然剩下七成以上。Silver Crow雖然HP幾乎全滿，但能否壓迫對手到底還難說得很。

不過春雪早已決定在這場對戰之中要放棄一切盤算，從頭到尾全力拚鬥。因為加速世界裡確實有些東西只能透過這種方式傳達。

隨著腦內的檔次越打越高，Silver Crow的動作也不斷加快。那具纖細身體在空中的飛舞令人眼花撩亂，四肢更在空氣中拖出無數條流線。「雷射劍」與「蒼刃劍」不時互擊，巨大的衝擊波撼動整個場地，然而春雪還沒有被任何一招打個正著。

拓武慢慢地跟上了空中連續攻擊的節奏，但仍有部分沒能完全躲開的攻擊撕裂他高大身軀的各個部位。他的HP計量表慢慢減損，終於低過一半，變成了黃色。

激戰之中，春雪覺得似乎有道低語聲直接在腦中響起。

……啊啊……小春……

……好漂亮。你的身手實在太美了……

Cyan Pile面罩的縫隙下，雙眼瞇得只剩一條線。泛青色光芒變淡，開始不規則地閃爍。

……可是，這種美……實在太脆弱了，會在我心裡帶起漣漪。

……你得用更壓倒性的暴力打垮我，不然，我會……

想毀了你。

兩隻眼睛發出強烈的光芒。

Cyan Pile胸部裝甲上成排的小洞發出堅硬聲響，銳利的彈頭從中鑽出。

「…………！」

春雪還不及細想，立刻打算往右方滑行衝刺，但拓武預判出他閃避的習慣，跟著迅速轉動身體——

「『飛針四射（Splash Stinger）』！」

喊出招式名稱的同時，多枚鉛筆大的飛彈從春雪眼前發射出來。這次他實在無法躲開近距離的所有攻擊，只得高速往正後方衝刺，同時接連以雙手光劍劈開飛彈。拓武這招不是心念攻擊，所以飛彈本身衝不破春雪的銀光鬥氣。然而問題在於彈數實在太多，好不容易劈開所有導向飛彈時，他跟拓武又拉開了將近十五公尺的距離。

爆炸的黑煙轉眼就被強風吹散，站在對面的Cyan Pile與剛開始對戰時一樣垂下雙手，低頭不動。籠罩在右手「蒼刃劍」上的鬥氣不規則地閃爍，顯示想像就要解除。

接著——

春雪發覺眼前還存在著另一個跟以前不同的現象。

一股陰影般的薄霧纏上藍灰虛擬角色全身，繼續衝向上空。這顏色他並不陌生。沒錯，就跟之前搭檔對戰時Bush Utan身上籠罩的「黑暗鬥氣」一模一樣。

也就是說——寄宿於Cyan Pile身上，讓他在「Supernova Remnat」四人圍攻下仍然取勝的強化外裝，終於要覺醒了。

春雪深吸一口氣，斬釘截鐵地說：

「沒關係，阿拓，你儘管用。」

拓武默默抬起頭來。春雪正視他的臉說下去：

「我們不是說好要拿出一切來較量嗎？『那玩意兒』已經是屬於你的力量了。你若不拿出一切本事，這場打鬥就不會結束。別客氣……儘管動用『ＩＳＳ套件』吧！」

聽春雪這麼大喊，拓武似乎微微露出了笑容。

春雪用力點頭，腦海中想著他說不出口的話。

——阿拓，我相信你。我相信不管這場打鬥怎麼收場，你都會克服那種黑暗的力量。

拓武彷彿連這段思念都聽見了，跟著微微點頭。

由「第二象限的正向心念」實體化而成的流線型雙手劍消失。藍光再度繞上持有者手臂，變回了原本的強化外裝「打樁機」。

拓武高舉這隻手，以小而堅毅的聲音說：

「『ＩＳ模式』啟動。」

黑暗隨之蔓延。

10

神祕的強化外裝「ＩＳＳ套件」雖然威力極其駭人，以物件尺寸來說卻算是極小。

它只是一個直徑五公分左右的黑色半球，跟公共攝影機有幾分相似。先前遇到的Bush Utan與Olive Glove是將這個半球裝備在胸口正中央。

但呼應拓武啟動指令而浮現的半球，卻出現在他右手「打樁機」上相當於手背的部分。套件正中央竄過一條橫線，表層以這條線為中心往上下一分，從中露出一個狀似生物眼球的球體，上頭有著水潤的光澤與深沉的血紅色──

緊接著，Cyan Pile腳下溢出密度與規模都極為驚人的過剩光，在他身上翻騰不已。不，那已經不能叫做光了，因為他整個人都成了濃密的漆黑物體。這是極為精純的黑暗鬥氣，不像Bush Utan只是身上披著一層朦朧的「影子」。

春雪拚命挺住自然地想往後退的雙腳。

拓武身上迸發出的鬥氣遠非Utan所能相比。地板上以拓武所站的位置為中心，出現了放射狀的裂痕，證明這並非單純的光影特效。

…………阿拓…………

或許是下意識聽見春雪在心中這麼呼喊，拓武平靜地答了一聲：

「小春。」

他以左手指向上下的地板、天花板，以及四處可見的柱子，繼續說了下去。但他說話的聲音卻與召喚出套件之前大相逕庭，帶著陰沉而扭曲的金屬質感特效。

「……一直待在這麼窄的地方，你也拿不出全力吧？」

「嗯……沒錯。要到外面去打嗎……？」

春雪判斷拓武所受的精神干涉似乎不像Utan他們那麼嚴重，多少因此鬆了口氣。

然而——

「不，不用這麼麻煩。」

拓武喃喃答完，便將附上了ＩＳＳ套件的打樁機隨手指向腳下地板，接著以平板聲調若無其事地唸出招式名稱：

「『黑暗氣彈』。」

他射出的不是鐵樁，而是黑暗光束。光束瞬間打穿地板，開了一個直徑十公分左右的洞射往樓下。

一秒、兩秒……三秒鐘過後。

春雪感覺到一股巨大的振動從正下方直衝上來。還來不及倒抽一口涼氣，地板已經龜裂粉碎，縫隙間迸出只能以黑色火焰來形容的能量洪流。

「…………！」

春雪急促地吸了一口氣，反射性張開雙翼朝正後方猛衝。他在空中上下翻轉，伸出雙手調整成全速飛行的姿勢，衝向大樓外圍的開口部分。在背後湧來的爆炸震波撼動下，他好不容易才飛到空中，繼續在「焦土」場地的天空筆直往前飛翔。當他確定已經拉開足夠距離時，才扭轉身體看向後方——

「這…………」

春雪震驚得說不出話來。

視線所向之處，正好能看到這座在現實世界中相當於自家大樓A棟，樓層數高達三十層的巨塔，從地上部分開始粉碎倒塌。

在這「焦土」空間裡，地形物件確實比較脆弱，但再怎麼脆弱也有個限度。巨大的建築物一旦遭到破壞，將會徹底顛覆「對戰」的策略成分，所以系統上還是會設定成得花相當多時間跟工夫才能成功。據春雪所知，「一擊就能破壞巨大建築物」的超頻連線者，就只有裝上全套強化外裝的「不動要塞（Immobile Fortress）」，也就是紅之王「Scarlet Rain」。

春雪不敢相信眼前的光景，看得連連眨眼。但大樓在短短幾秒鐘之內便已完全崩塌，成了

巨大的土石堆。

春雪的目光跟著被吸引到視野右上方Cyan Pile的ＨＰ計量表所在處。

他明明陷入那麼大規模的崩塌，剩餘ＨＰ卻仍然維持近四成，與先前被春雪用「空中連續攻擊」削減完時一樣。而且儘管「焦土」場地中破壞地形的加成較少，但他仍然一口氣集滿了整條必殺技計量表。

春雪再度將視線轉往大堆土石，隨即看見堆積成金字塔狀的物件堆頂端被一股從下往上的力量轟開。

Cyan Pile從粉碎消失的土石堆中現身，身上帶著更加濃密的黑暗鬥氣。

「……阿拓。」

春雪以沙啞的嗓音喃喃喊出對方的名字，但再也說不出別的話了。

眼前景象只能以「壓倒性」一詞形容，讓他甚至忘了震驚與戰慄。儘管先前Bush Utan發動「ＩＳＳ模式」後，戰鬥力也有了驚人的提升，但拓武的變化卻遠在他之上。這也就表示——拓武一直將這深沉得令人發瘋的苦惱，強壓在內心深處。

那麼，自己更不能就此認輸。

要是春雪束手無策地敗在ＩＳＳ套件的力量之下，那麼這股已經逐漸掌握拓武內心的黑暗多半會更加壯大。先前黑雪公主、Sky Raker、仁子與Blood Leopard不厭其煩地警告心念黑暗面有多危險，而拓武或許會一腳踩進這深不見底的「心靈空洞」之中。

「開後門程式」事件以來，拓武一直拚命想找回自己。他從採用最先進高度資訊化教育的新宿升學校，轉來還留有許多舊時代要素的梅鄉國中，以自己的步調一步一腳印地走到今天，絕對不能讓這種刻意散播的惡意打斷他要走的路。一定要想辦法把他從套件的干涉中拖出來，斬斷那玩意兒的支配效力。若要做到這一點——

就得打贏這場對戰。除此之外別無他法。

我必須透過勝利來告訴他。告訴他「正向心念」的力量，告訴他其中所蘊含的希望之光雖然渺小，光芒卻極為強烈。

春雪懸停在七十公尺高度，雙手將「雷射劍」具體化。

拓武站在土石堆頂上，正以緩慢的動作舉起寄生著ＩＳＳ套件的「打樁機」對準春雪。

先前從砲口發出的「黑暗氣彈」有著無與倫比的威力，多半無法像當初應付Bush Utan所用的同名招式那般以雷射劍打偏。不過，既然看得到發射位置與時機，應該就有辦法應付。自己必須以剛好不會受傷的驚險距離躲過攻擊，並以俯衝攻擊反撲。

春雪停住虛擬的呼吸，全副精神集中在Cyan Pile舉起的強化外裝砲口上。

——所以他晚了一步才發現。他沒能及時注意到拓武小聲喊出招式名稱的同時，使用心念招式時理應不用消耗的必殺技計量表從全滿狀態一口氣耗光。

「……『雷霆暗槍（Lightning Dark Spike）』。」

當這個春雪初次聽到的招式名稱出口的同時，打樁機的砲口似乎閃過了黑色的光芒。

就只有這樣。既沒有產生足以讓大樓崩塌的巨大光束，也沒有巨響或衝擊波。焦土空間中乾澀的風蕭蕭吹過，一陣冰涼的感覺撫過左肩……

「……」

春雪忽然間覺得身體微微一晃，同時有些小小的光點從視野下方劃過。視線一動，便能發覺有種奇妙的物體朝地面掉落。是銀色的棒狀與薄板狀物件。春雪納悶地凝神觀看——

「…………！」

看出那是什麼東西的瞬間，春雪只能茫然瞪大雙眼，深深吸氣。那是手臂，以及翅膀。

儘管明知太遲，他依舊看向自己的左肩。然而那兒只剩下有如做過精密鏡面處理一般的光滑斷面。Silver Crow的左手與左側金屬翼片，已完全消失無蹤。

春雪身體忽然一歪，於是他下意識地加強右翼推力試圖保持高度，反而因此失去了平衡，陷入頭上腳下的螺旋下墜姿勢，整個人就這麼像片樹葉似的朝地面墜落。

即將撞上地面之際，春雪總算擺脫茫然自失的狀態，以右翼施加反方向的推力抵銷旋轉，這才驚險地成功用雙腳著地。然而下墜的衝擊終究沒能完全卸開，膝蓋與踝關節迸出劇烈的火花。他不由得雙腿一軟，這才想到要查看ＨＰ計量表。被打掉整隻左手與左翼的損傷非常深，計量表一口氣降到了五成以下，變成黃色。

不過，與損傷量相比，中招的事實本身更讓春雪受到巨大的震撼。

——我什麼都沒看見。

儘管勉強在打樁機的砲口上看見呈漆黑十字的發射特效，他卻完全沒能認知到是什麼樣的攻擊竄過從砲口到自己的七十公尺距離。

過去有好一陣子，春雪都透過自製的虛擬實境型「閃躲近距離槍彈」程式進行非常胡來的特訓。而他的努力沒有白費，如今只要看得見射手位置，即使對方以大型步槍狙擊，他也有相當高的機率躲開。反過來說，要是連這點本事都沒有，也不可能在毫無遮蔽物的空中飛翔了。

然而剛剛——如果只是躲不開便罷，自己竟然連彈道都看不見，實在難以置信……

儘管心中受到極大震撼，但春雪在地面茫然自失的時間應該只有短短半秒。

無論面臨的狀況有多出乎意料，都要立刻重整思緒展開下一步行動，這乃是超頻連線者最重要的能力之一。春雪決定先壓抑住驚訝，打算在幾乎完全喪失飛行能力的現狀下重新建構戰術。既然如此，唯一的路就是想辦法再度形成貼身肉搏戰，哪怕只剩下一隻手與一邊翅膀，也要靠「四兩撥千斤」與「空中連續攻擊」的組合來找出勝機。

首先要做的就是——動起來！

春雪喝叱自己起身，準備從墜落的大樓前庭朝還存在的B棟跑去。

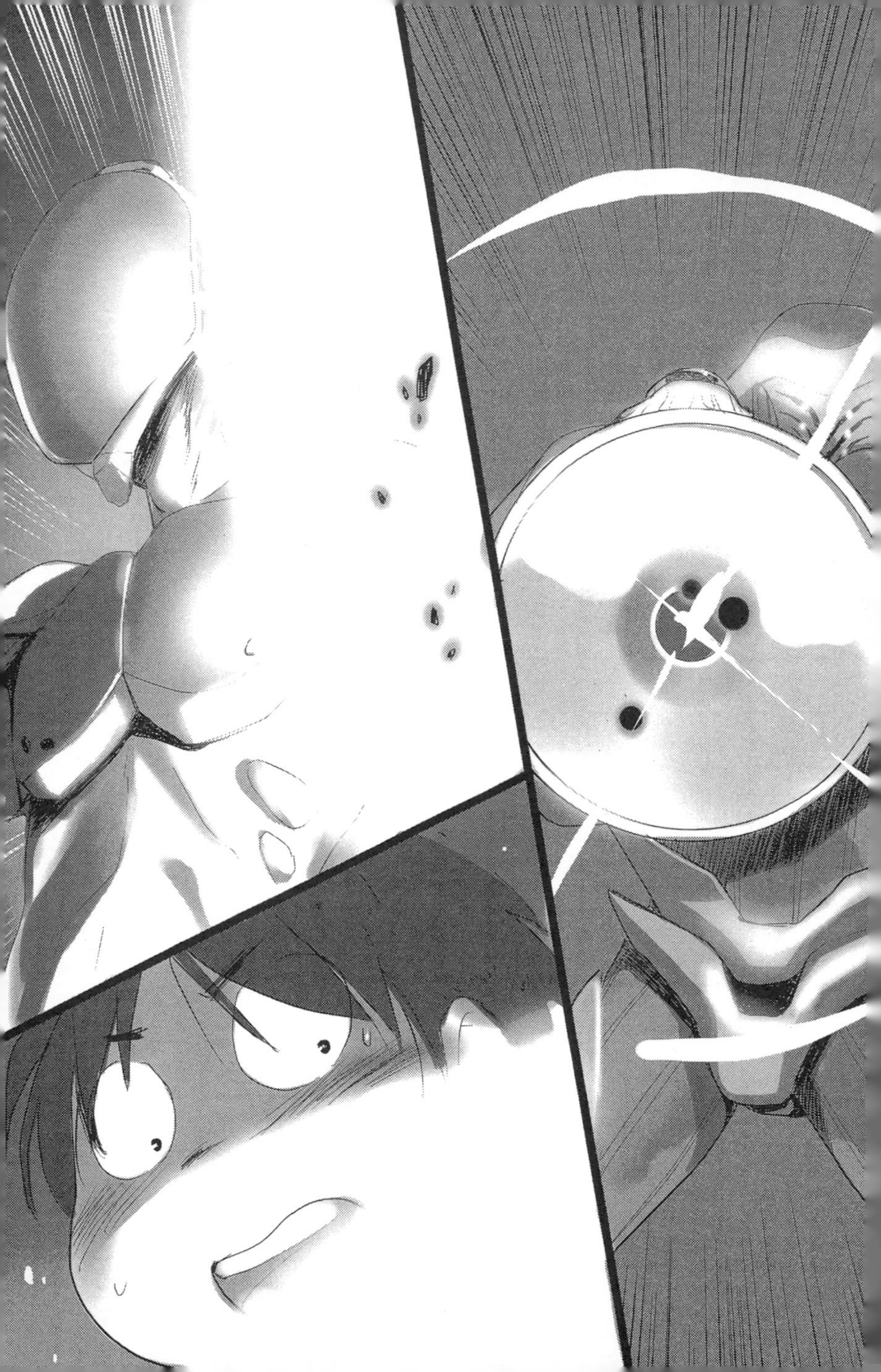

但這時又發生了意料之外的事態。

一陣轟隆巨響，地面開始搖動，讓他無法順利衝刺。春雪腳步踉蹌之餘朝聲音來源望去，發現大型虛擬角色就在距離他僅十公尺左右的地方落地。原來是站在土石堆頂上的拓武一口氣跳到前庭來了。

像Cyan Pile與Frost Horn這種重量級虛擬角色都有個共同的特徵，就是可以靠踩踏地面引發震波，妨礙輕量級虛擬角色移動。然而先前的搖晃已經不能說是震動，簡直就是大地震。春雪的腳被地面縱橫交錯的裂痕絆得只能原地踏步，然而背後的拓武已經以同樣超出應有水準的高速衝刺，轉眼之間便追了上來，在極近距離停步。

這股幾乎令人覺得他整個虛擬角色都大了一圈似的壓迫感，讓春雪當場呆住。

面罩上成排的縫隙下，拓武那雙眼睛隨著一陣低沉的聲響發出光芒。但顏色卻從先前的淡藍色轉為偏黑的紫色。

拓武靜靜低頭，俯瞰春雪在立足不穩的姿勢下呆站不動的模樣。

他嘴邊發出了帶有失真特效的聲音：

「對不起……小春。」

「…………阿拓…………」

春雪只能以幾乎不成聲的嗓音呼喊好友的名字。拓武慢慢朝他踏上一步。

「……對不起。我……早就知道……事情會演變成這樣，卻還是強迫你跟我對戰。我這個樣子……就算你覺得我只是想痛宰你，也是無可奈何啊……」

Cyan Pile在沉重的腳步聲中繼續拉近彼此距離，高大身軀直逼春雪面前。這巨岩般的虛擬角色全身毫不間斷地發出濃密的漆黑鬥氣，直往上衝。拓武瞥向這漆黑鬥氣的來源——寄生在右手強化外裝上的黑色眼球——說道：

「……有人告訴我，宿主心中的黑暗愈深沉，『ＩＳＳ套件』能發揮的威力就愈是驚人。這也就表示……我就是這樣的人。我用這種力量把四個ＰＫ折磨至死的時候，就深深體認到了這一點。不……也許我打從一開始就知道了。因為我當上超頻連線者，純粹只是為了考出好成績、在大賽裡奪冠，想藉此留住小千的心……」

「阿拓……阿拓。」

不對。不對。不對不對不對不對！

春雪心中就這麼一句話翻來覆去。但他不明白該怎麼把自己的想法化為言語說給拓武聽。

視野在虹彩中晃動、濡濕，春雪這才發現自己已淚流滿面。

拓武低頭看著春雪哭泣，幾顆小小的光點同樣從他眼角滴落，隨即蒸發。

「謝謝你，小春。」

他聽見好友溫和的說話聲。

「我很慶幸最後一次『對戰』的對手是你……謝謝你。」

「……………最、最後……？你……你在說什麼啊……？」

春雪戰戰兢兢地追問，拓武則平靜地回答：

「等這場對戰打完，我就去跟『加速研究社』拚個同歸於盡。」

「…………咦…………」

「既然那些傢伙有本事弄出這麼可怕的強化外裝到處散播，我也不會以為自己打得贏他們的頭頭。可是，只要循著套件的感染途徑追查，總該查得出一些有地位的傢伙。我會想辦法把這傢伙引到無限制空間，從這人身上逼問所有能搾出來的情報……即使……」

拓武說到這裡，喉頭哽咽了一瞬間，但隨即繼續說出堅定的話語：

「……即使，我在過程中失去所有點數，導致BRAIN BURST被強制反安裝……我也一定會把所有查出來的情報交給你。所以小春，之後就要拜託你阻止他們了。這種東西……這種會滲透進每個超頻連線者都有的『精神創傷』迷惑大家的力量，萬萬不能存在。因為加速世界這個地方，是為了像你、小千、軍團長這種能將傷痛化為希望，繼續往前邁進的人們存在的……」

「……阿拓……你……你還不是一樣……」

自己在這種場面下話還說得吞吞吐吐，讓春雪只能乾著急。

即便如此，這位十年來的兒時玩伴似乎還是感受到了春雪的心意，感覺得到他在面罩下微微一笑：

「小春，還有一件事我也得先謝謝你。」

儘管全身迸發出的黑暗鬥氣更加凶猛，拓武說話的聲音卻始終平靜：

「謝謝你當時……在我們第一次對戰的最後原諒我。從那天起，我成為新生『黑暗星雲』的一員奮戰至今，這八個月我過得很快樂，幾乎懷疑自己是在作夢。謝謝你，小春。對於你的『淨化』任務，還有軍團追求破關的目標，全都得半途而廢，的確讓我非常遺憾……請你也幫我跟軍團長、Raker姊還有Maiden她們道謝。還有……幫我跟小千說聲抱歉。」

「——別說了！阿拓，不要說這種話！」

春雪按捺住這陣撕裂胸口的心痛，大聲嘶吼。

他緊緊握住剩下的右拳，拚命將心念的光輝集中在手上。光芒不規則地閃爍，反映出劇烈動搖的情緒，但仍然讓籠罩兩人的黑暗稍微淡去。

「要是軍團裡少了你，小百會哭的！她一定會哭！阿拓，你想害小百哭嗎！」

聽到這陣嘶吼，拓武微微低頭，隨即以更加平靜的嗓音說：

「……嗯，也許吧。可是……我相信她一定能跨過短暫的哭泣，繼續往前進。因為讓小千想回到過去的人就是我。她就拜託你了，小春。」

拓武微微一笑，在春雪面前用力握緊巨大的左拳。

濃縮的黑暗鬥氣凶猛地低聲咆哮。這有如黑洞一般的深邃，輕而易舉地壓過春雪右手上微弱的銀光。

「該收場了，小春。你不用為我露出這麼悲傷的表情，這股黑暗原本就在我心中，所以你只要做出跟八個月前相反的選擇就可以了。我會幫你一把……」

或許是凝聚的力量太過強大，導致拳頭在空中迸出了無數火花。拓武就這麼慢慢地將左拳往身後收緊。

喊出招式名稱的聲音始終極為溫和，彷彿在安慰春雪、鼓勵春雪。

「『黑暗擊』。」

面對這宛如巨大隕石墜落般的一拳，春雪試圖以右手的銀光格擋。

但他隨即遭遇一股前所未見的衝擊，一股彷彿整個世界都爆炸了似的巨大衝擊。雖然力量微薄，但要是沒有心念防禦，他的虛擬身體肯定會在瞬間粉身碎骨。

儘管沒有當場消滅，但春雪依然無法停留在原地。吃了這一拳後，他整個人以驚人速度朝大樓B棟方向飛去。

他飛了半秒鐘左右，背部撞上建築物，把焦黑的水泥牆撞出了大洞，衝進建築物內部。但是力道還沒有耗盡，他繼續撞穿了第二面、第三面、直到撞穿第四面牆，慣性才總算減弱。春雪的身體在一個又大又空曠的房間裡彈了一下，整個人倒成大字形。

因巨大衝擊而變得昏暗的視野左上方，頻頻閃爍著紅色光芒。

儘管思考已經幾乎停擺，春雪仍然看出那是已經只剩幾個像素長的HP計量表。

力量差距大得令人絕望。沒錯，走到這一步，春雪才首次感到絕望。

竟然想打贏使出全力的拓武？自己也未免太得意忘形了。正因為拓武每一方面的能力都遠遠凌駕在自己之上，所以春雪才會崇拜拓武，把他當成目標。

他這麼優秀，卻還把自己逼得走投無路，決心捨身一搏；那麼連唯一能力所在的翅膀都已經失去的春雪，又能做得了什麼呢……

遠方傳來一股沉重的振動。拓武打穿了大樓的牆壁，筆直接近春雪，準備結束這場對戰。

春雪龜裂的面罩下再度淚流滿面。

——我作夢也沒想到，我們會這樣結束。我一直相信千百合、拓武還有我，我們三個永遠都可以在一起。虧我還一直相信BRAIN BURST，相信加速世界正是為此而存在……

『當然是了。』

腦海中忽然響起說話的聲音。

春雪茫然地睜開眼睛，在焦黑又殺風景的天花板之下，他看見了不可思議的畫面。

有個人影輕飄飄地從倒地的Silver Crow身上穿出，無聲無息地站起。

人影全身透明，就像是個幻影。春雪不認得這人是誰。

那是個嬌小的少女型對戰虛擬角色。仿花瓣造型的肩膀與腰部，與千百合的「Lime Bell」有幾分相像，但她的頭部是髮尾翻起的短髮，裝甲顏色也完全不一樣。

那是種有如春日煦陽般溫暖的黃橙色——

這個不知名的人物，來到平躺在地的春雪身旁挑了堆土石坐下，再次開口：

『你說的沒錯，BRAIN BURST的存在不是為了讓人互相爭奪、彼此仇視。人們也可以選擇攜手前行。』

「…………妳是誰……？為什麼在這裡……？這裡明明應該是直連對戰空間……」

春雪茫然問出這幾句話，這夢幻透明的人物則溫和地微笑回答：

『我是……記憶。中央系統記錄了龐大的資訊，用這些量子資訊體構成某個物件，而我則是寄宿於角落的渺小思念碎片……』

「……記憶…………」

這個詞語喃喃出口時，春雪覺得自己的記憶中有個地方微微刺痛。

——我知道她是誰。雖然我沒見過她，也不知道她叫什麼名字，但我知道她是誰……

黃橙色虛擬角色微微點頭，肯定了他的想法：

『你曾在「禁城」裡追溯過去的記憶，跟中央系統之間的線路暫時接通，所以我才能像這樣對你說話。可是，這維持不了多久。』

少女先頓了頓，接著以加了幾分力道的聲音，宣告令人震驚的消息：

「你還有方法可以救你的朋友。」

「咦…………」

春雪瞪大眼睛，以殘破不堪的右手撐在地上試圖起身，同時問道：

「該、該怎麼做……我這個樣子，還有什麼辦法……？」

『你體內應該還有「力量」。還有那唯一的力量，能夠對抗深入你朋友內心的黑暗……』

黃橙色虛擬角色臉上微笑轉淡，對他如此耳語。春雪愣了一下，隨即發現她指的是什麼。

他反射性地搖頭：

「不……不行。不能動用『那個』。要是召喚了它，我勢必再也無法恢復正常……」

「那個」寄生在Silver Crow體內深處，後來被Lime Bell以「香櫞鐘聲模式2」還原到種子狀態的詛咒強化外裝。

——「災禍之鎧」。

聽春雪這麼說，黃橙色少女露出帶著悲傷的微笑：

『……那件鎧甲，也不是從一開始就冠上「災禍(Disaster)」之名。是因為發生過很多很多令人悲傷的事情，鎧甲才會扭曲了原有的形體。』

「扭曲……形體……」

『我一直在那件鎧甲的角落等待。每當鎧甲有了新的主人，我都衷心祈求這次的主人可以解開鎧甲的詛咒。我一直在等待有人可以化解「他」的憤怒與悲傷……』

少女從土石堆上輕飄飄站起，來到春雪面前單膝跪地。接著她伸出纖細的右手，輕輕碰了碰渾身是傷的銀色虛擬角色。

『你很像「他」，相信你一定辦得到。雖然需要花點時間，但我相信你總有一天可以做到……所以，你現在不應該放棄。為了你朋友，你必須重新站起來……』

少女的身影變得更加透明，化為朦朧的輪廓，慢慢回到春雪體內。

最後，腦中傳來彷彿發自遙遠彼方的幾句話：

『……來，你要回想起來，叫出它的名字……叫出鎧甲被扭曲成「災禍」之前的名字……這個名字……你應該……已經知道了……』

——忽然間，一幅光景浮現在記憶的螢幕上。

那是在「禁城」中找到的「七神器」台座。金屬牌刻有北斗七星六號星「開陽」的名字。漢字下面刻著幾個英文字母。看到這幾個字的時候，他確實有了感應，感覺到靈魂深處微微刺痛，彷彿有一段很久很久以前的悲傷回憶被喚醒。

一陣沉重的震動沿著地板傳來，讓春雪抬起頭來。

看樣子，拓武已經來到隔壁或是對面的房間。只要再挨到任何攻擊，只剩幾個像素的ＨＰ計量表一定會輕而易舉地耗完。

——現在的我，有辦法阻止拓武嗎？他那麼絕望，我還能用什麼話挽留他？

春雪心中再度充滿冰冷的絕望，但他咬緊牙關，甩開這些想法。

——靠言語沒有用。

——要靠心意。我要把心意灌注在拳頭上，用拳頭跟他交心。既然我跟阿拓都是超頻連線者，那麼只有一種心意需要傳達，也只有一種手段可以傳達。

「……使出渾身解數較量。我們第一次對戰時也是這樣哪，阿拓……」

春雪喃喃自語，拚命讓遍體鱗傷的虛擬角色站起。龜裂的裝甲碎片不斷剝落。

他的心中，再也沒有恐懼或退縮。

春雪看著牆上開出的大洞彼端，平靜地說出了從記憶深處甦醒的名字。

「『THE DESTINY』……著裝。」

（待續）

後記

大家好，我是川原礫，謹向各位送上二〇一一年的第一本書《加速世界7 災禍之鎧》。

現在回想起來，從前年寫到去年的那一集後記裡，我就從頭道歉到尾，所以當時我便想說今年要定下一個目標，那就是「不在後記道歉」。只是想歸想……對不起，劈頭就得請大家讓我道歉……而且光是得道歉這件事本身就需要道歉了（笑）。

呃，我又搞成下集待續了！對不起！當然，第六集搞出那種結尾時，我就下定決心「第七集一定要收得乾淨」。還難得地寫出了詳細的大綱，本來也應該會照計畫寫完……只是沒想到拓武同學這麼賣力……（笑）。

可、可是畢竟他在五、六兩集都幾乎沒機會表現，所以看到他這麼活躍，站在作者的立場也覺得鬆了口氣。該怎麼說呢，故事都已經進行到這裡，真的是「該怎樣就會怎樣」，只能照著登場人物的要求來推動劇情了。寫這份後記時，我已經開始在寫下一集了，但就連我也帶著興奮的心情敲著鍵盤，想看看拓武與春雪在這場本集沒能打完的「對戰」裡找出什麼樣的方式來收場。這些內容還需要點時間才能化為書本送到各位手上，還請耐心等待。

Accel World

好了，接下來我想先簡單提一下二〇一一年的展望。

由於「不道歉」這個第一目標馬上就破功（笑），因此我想把第二目標定在不搞出太大的差錯，穩定地寫下去……只是這目標一下子就變得很現實……不過我最近隱約有種想法，覺得要幹作家這一行，最重要的能力多半就是「無論如何就是要寫下去」。該怎麼說呢，用自行車賽來比喻，就是不能只會不顧一切地捨命猛衝，而必須正視下一個坡道、下一場比賽的存在，保留腳力持續巡航……當然即使這麼打算，遲早還是會遇到決勝關頭，得在終點前全力衝刺。而我打算今年也要穩健地一直踩著踏板前進，同時提醒自己別錯過了決勝關頭。

責任編輯三木先生與插畫師HIMA老師，這本第七集也擠得各位的作業時間只能剛好夠用，正以現在進行式給你們添麻煩囉。二〇一一年我會努力讓自己比較能趕上截稿日，還請多多關照！

最後很抱歉新年第一本書就讓各位讀者遭受「待續」攻擊，筆者在此跟各位磕頭，還請大家今年也以寬大的心胸繼續給予支持與愛護！

還在二〇一〇年但心情已經飛到二〇一一年某日　川原 礫

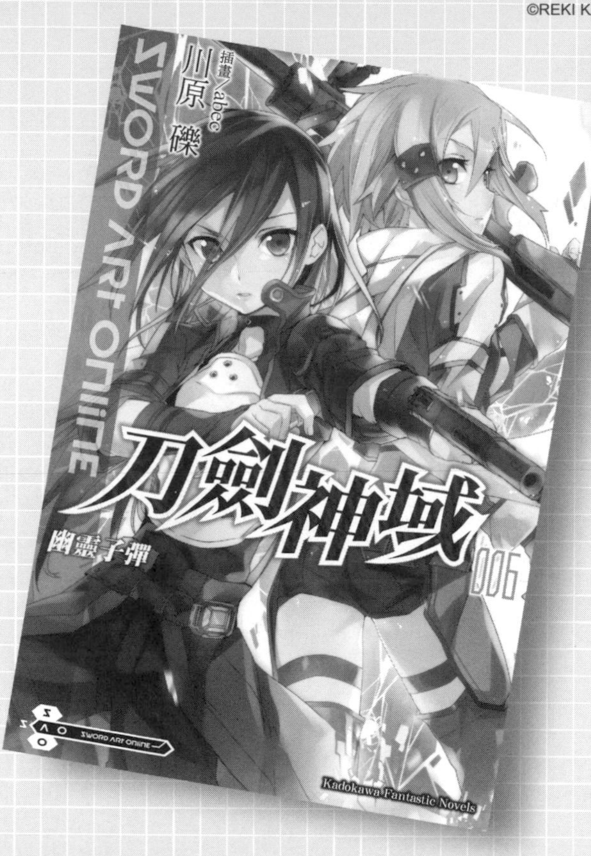

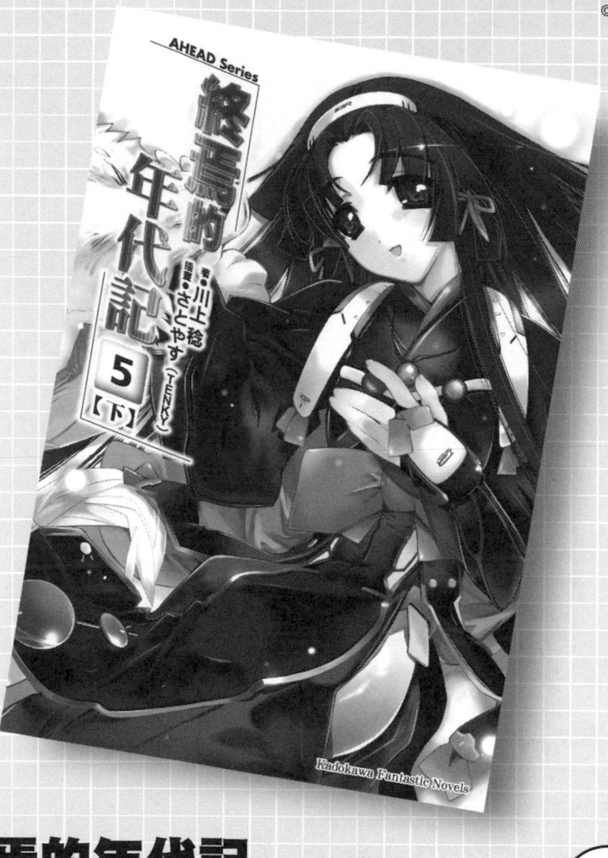

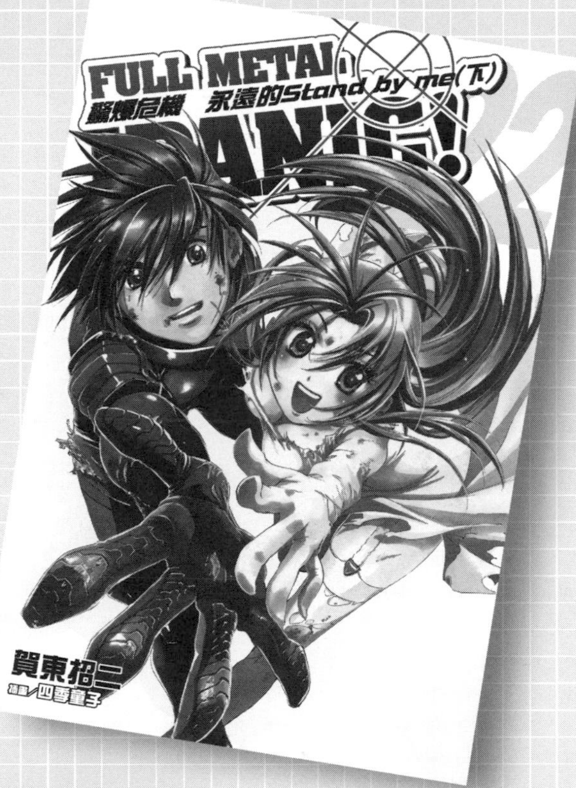

驚爆危機 1~22（完）

作者：賀東招二　插畫：四季童子

連載長達十餘年的SF軍事動作巨著，在此獻上感人肺腑的完結篇!!

相良宗介突破了敵方強力的迎擊部隊，並確實接近美利達島最內部。但裝備了新武器的雷納德駕馭著〈Belial〉現身，〈妖精之羽〉也遭到破壞，宗介因而陷入危機。在全面核戰導致世界滅亡的倒數計時下，宗介與小要彼此訂下的約定，是否永遠無法實現呢!?

各 **NT$160~240/HK$45~68**

國家圖書館出版品預行編目資料

加速世界 7 災禍之鎧 / 川原 礫作；
邱鍾仁譯.——初版.——臺北市：
臺灣國際角川, 2011.08 面； 公分.
——（Kadokawa Fantastic Novels）
譯自：アクセル・ワールド 7 災禍の鎧
ISBN 978-986-287-292-5（平裝）

861.57 99024835

Kadokawa
Fantastic
Novels

加速世界 7
災禍之鎧

（原著名：アクセル・ワールド7 —災禍の鎧—）

2011年8月11日　初版第1刷發行
2022年12月16日　初版第13刷發行

作　者：川原　礫
插　畫：HIMA
日版設計：BEE-PEE
譯　者：邱鍾仁
發行人：岩崎剛人
總編輯：蔡佩芬
副總編輯：朱哲成
美術設計：吳佳昀
印　務：李明修（主任）、張加恩（主任）、張凱棋
發行所：台灣角川股份有限公司
地　址：104台北市中山區松江路223號3樓
電　話：（02）2515-3000
傳　真：（02）2515-0033
網　址：www.kadokawa.com.tw
劃撥帳戶：台灣角川股份有限公司
劃撥帳號：19487412
法律顧問：有澤法律事務所
製　版：尚騰印刷事業有限公司
ISBN：978-986-287-292-5